你只管往前走，一路的花
自会为你开放。

王栒

丁立梅散文

精选·青少卷

丁立梅

著

长江出版传媒　长江文艺出版社

图书在版编目（CIP）数据

丁立梅散文精选. 青少卷 / 丁立梅著. -- 武汉：
长江文艺出版社，2022.1(2022.7 重印)
ISBN 978-7-5702-2357-2

Ⅰ. ①丁… Ⅱ. ①丁… Ⅲ. ①散文集－中国－当代
Ⅳ. ①I267

中国版本图书馆 CIP 数据核字(2021)第 220442 号

丁立梅散文精选. 青少卷
DING LIMEI SANWEN JINGXUAN QINGSHAO JUAN

责任编辑：张远林　　　　　　　　　责任校对：毛季慧
装帧设计：壹　诺　　　　　　　　　责任印制：邱　莉　杨　帆

出版：　长江出版传媒　　长江文艺出版社
地址：武汉市雄楚大街 268 号　　　邮编：430070
发行：长江文艺出版社
http://www.cjlap.com
印刷：武汉珞珈山学苑印刷有限公司

开本：640 毫米×970 毫米　　　1/16　印张：14.75　　　插页：1 页
版次：2022 年 1 月第 1 版　　　　2022 年 7 月第 2 次印刷
字数：131 千字

定价：30.00 元

她有一双善于发现美的眼睛

李仁甫

梅子、紫色梅子——多有诗意的笔名!

你可能是七年级学生,那么你一定会在上册语文活页课文链接里看到她的散文《春风暖》;你可能是八年级学生,那么你一定会在下册《文科爱好者》中第六单元检测里见到她的散文《手指上的温度》;你如果到了职业学校读书,那么你一定会在全国中等职业学校通用教材《语文》里读到她的散文《有一种爱叫相依为命》;你如果是新加坡学子,那么你一定会在中学课本里欣赏到她的散文《花盆里的风信子》……

这些优美的散文都出自青年女作家丁立梅之手。如今,她已是中国作家协会会员,中国散文学会会员。她还是《读者》《青年文摘》《特别关注》《哲思》等畅销杂志的签约作家。她有上百篇散文被设计成全国各地高考、中考语文模拟阅读题,有很多文章入选《收获灵感与感动》等上百种文集中。

她的文字距离孩子最近,因为她就栖息在校园里——她是一名政治教师。政治教师却热衷于爬格子,且浪漫而脱俗,真是罕见。她说过:"教书育人,桃李天下,是我喜欢的。以文悦人,墨香处处，也是我所喜欢的。校园是我的世外桃源。天天和孩子们在一起，使我的写作更趋干净、明亮与温暖。"她那干净、明亮与温暖的文字，如同护身符，会守护着你的精神家园，净化着你容易被污染的世界，慰藉着你容易受伤的心灵。

孩子距离她的文字也最近，因为她的散文多半是怀想童年，往往直接绽放童年记忆。有人说：体育使人向前，而音乐使人向后。她喜欢边听音乐边写作，用她的话说"用音乐煮文字"。在箫、胡琴、古筝和笛子舒缓的音符中，她一次次回到童年的野地里。打碗花在微笑，陌上花开蝴蝶飞，梨花风起正清明，小朋友们左手月饼、右手莲藕，跟着一朵阳光走，采一把艾蒿回家……诸如此类的美景趣事，会使你阅读无隔膜、零距离，使你直通作家的内心世界。

如果说童趣是她散文作品的横轴，那么乡情就是她散文作品的纵轴。美好的风物，独特的民俗，火热的劳动场面，动人的民间故事，把乡情渲染得浓浓郁郁。爷爷奶奶在门槛上守望，父亲母亲在地头劳作，孩子们在芦苇丛中嬉戏，村民们在小路上跋涉……往事悠悠，悠悠往事，不仅让你遇见纯真岁月，还让你看到草木的本心，感受低到尘埃的美好，发现作者一颗感恩的心。

童趣和乡情纵横交错，构成了她散文作品的坐标系。于是乎，你会从她的笔下看到一个单纯而丰富的美好世界。这个世界自然是从"成年"去观照的，是从"今天"去回眸的。然而看远逝的昨日，人们的眼光往往是审视、俯瞰、反思、告别的，想从心灵深处抹去一派苍凉，想完成一次避之唯恐不及的撤退和逃离；而丁立梅却绝不以当下的身份、地位、教养、文化去玷污原生态的童趣乡情，似乎依然生活在往昔中而不能自拔。她说："我从小就表现出大众化的庸常来，亲近凡俗，热衷于一灶一锅、一瓢一勺、一庭一院。我注定了一辈子只有在烟火里才得心安。"（《掌心化雪》）她的文字，守护童心，坚持平民立场，毫无优越于过去的虚荣，毫无摆脱过去的自卑。这何尝不是一种正能量？她的文字告诉你：你也应该"从春天出发"，珍惜当下正历经着的年少时光！童年是幸福而值得好好享受的，家乡是美好而值得慢慢欣赏的！

像丁立梅一样，你享受你的美好童年，你欣赏你的可爱家乡，可是你是否也像丁立梅一样能够写出童趣，写出乡情？如果你愿意，那就不妨从丁立梅的作品中汲取写作的智慧吧。

首先，要有过人的观察力。"她正蹲在一堵墙的墙角边，逗着一只小花猫玩。黄的白的小野花，无拘无束的，开在她的脚边"（《打碗花的微笑》），这是丁立梅对场景的观察，多有画面感。"草绿，春来。草枯，冬至"（《草木有本心》），这是丁立梅对自然的观察，显得何等简洁。"祖父出现了，手里提着用牛皮纸包着的月饼，隔了老远，我们都能闻到月饼的味道。兄妹几个，跑过去迎接，在他身边跳……"（《牛皮纸包着的月饼》），这是丁立梅对风俗人情的观察，读来十分传神。

其次，要有独特的感受力。丁立梅有一颗细腻、敏感的文心，她对生活总能有自己个性化的体悟。穿鞋时鞋头先破，想必很多顽皮的小朋友有这样的经历，但她却由此发现"四平八稳的生活，连小孩也不喜的，日子里总要擦出点小火花，那才叫有意思吧。"（《陌上花开蝴蝶飞》）室内一盆水仙花，想必很多小朋友都侍弄过，但她却这样写道:"惊醒时,浑身大汗。四周静谧。房间里有轻微的声响,是花朵绽开的声音吧。桌上一盆水仙,终于开了花。"(《没有哪个孩子,不是做娘的疼大的》)其感觉何等敏锐!

第三,要有非凡的想象力。空气又酥又软,丁立梅竟想"对着它轻轻咬上一口",然后想象着"唇齿仿佛都是香的"。(《乡下的年》)"太阳很好地照着,我在走,行人在走,微笑,我们对面相见不相识",丁立梅竟想象彼此"就像相遇一棵树、相逢一朵花"。(《小喜欢》)奇特的想象,使她的文字活色生香。

最后,要有卓越的表现力。"河岸上撒满被渔网带上来的冰碴碴,太阳照着,钻石一样发着光。"(《乡下的年》)这里用了比喻,使普通的冰碴碴显得如此美丽动人。"米心的高跟鞋走在上面,笃笃笃,笃笃笃。空谷回音。惹得小镇上的人,都站在院门口看她。她昂着头,目不斜视,只管一路往前走。"(《青花瓷》)她善用白描手法,如同李清照一样,寥寥数笔而境界全出。修辞手法和表现手法的恰当运用,使她的散文显得形象生动,耐人寻味。

如果你愿意跟随丁立梅一起"从春天出发",把对童年的享受和对家乡的欣赏写出来,那就请你仔细阅读她的这部散文集。

目　录

成长：遇见你的纯真岁月

温情：有一种爱叫相依为命

遇见：平凡生活中的美

流年：光阴的故事

观察：万物有灵且美

梦想：向着美好奔跑

感恩：有一种感恩，叫好好地活着

感悟：那些温暖的

成长：遇见你的纯真岁月

放下你的焦虑，思考一下你到底想要什么。然后，拿出勇气来，认真走好脚下的路。将来的事，充满了无数的不确定性，去愁着忧着做什么呢？你只管走下去，走下去，走着走着，花就开了。只要你不停下脚步，这一刻是道阻且长，下一刻，也许就遇见了人生的丰美。

打碗花的微笑

那年，我念初中一年级。学期中途，班上突然转来一个女生。女生梳两根长长的黑辫子，有张白果似的小脸蛋，精巧的眼睛、鼻子和嘴唇镶嵌其上。老师安排她靠窗坐。她安静地翻书，看黑板，姿势美好。窗外有桐树几棵，树影倾泻在她身上，波光潋滟。像一幅水粉画。

我们的眼光，总不由自主转向她，偷偷打量，在心里面赞叹。寡淡如水的乡村学校生活，因她的突然闯入，有了种种雀跃。说不清那到底是什么，我们就是那么高兴。

她总是显得很困。常常的，课上着上着，她就伏在桌上睡着了。两臂交叉，头斜枕在上面，侧着脸，闭着眼，长长的睫毛，像蝶翅样的，覆盖在眼睑上。外面一个世界鸟雀鸣叫，她那里，只有轻梦若纱。

这睡相，如同婴儿一般甜美，害得我们看呆过去。老师亦看见了，在讲台前怔一怔。我们都替她紧张着，以为老师要呵骂她。平时我们中谁偶尔课上睡着了，老师都要呵骂来着。谁知那么严厉的老师，看见她的睡相，居然在嘴边荡起一抹笑。老师放轻脚步，走到她跟前，轻轻推一推她，说，醒醒啦。她一惊，睁开小绵羊般的眼睛，用手揉着，冲老师抱歉地笑，啊，对不起老师，我又睡着了。

我们都笑了，没觉得老师的做法，对我们有什么不公。在她面前，老师就该那么温柔。我们喜欢着她，单纯地，暗暗地，就像喜欢窗外的桐树，喜欢树上鸣唱的鸟儿。

有关她的身世，却悄悄在班上传开。说她爸爸是个当大老板的，发达了之后，遗弃了她妈妈。她妈妈一气之下，寻了死。她爸爸很快娶了个年轻女人，做她后妈。后妈容不下她，把她打发回老家来念书。

这到底是真是假，没有人向她求证过。我们再看她时，就有了好奇与怜悯。她却没有表现出多少的不愉快来，依旧安静地美好着。跟班上同学少有交集，下了课就走，独来独往。我们的目光，在她身后追随着。她或许知道，但并不回头。

偶尔一次，我与她路遇。那会儿，她正蹲在一堵墙的墙角边，逗着一只小花猫玩。黄的白的小野花，无拘无束地，开在她的脚边。看见我，她直起身来，冲我点点头，笑，眼睛笑得弯弯的。我们同行了一段路，路上说了一些话。记不得说的什么了，只记得，她讲一口流利的普通话，声音甜脆。田野里有风吹过来，色彩是金黄的，很和煦。是春天，或是秋天。天空下，她微笑的样子，像一朵浅紫的打碗花。

后来的一天，她却突然死了。说是病死，急病。一说是脑膜炎，一说是急性肺炎。她就那么消失了，像一颗流星划过夜空。靠窗边她的课桌，很快撤了。我们一如既往地上着课，像之前她没到来时一样。

好多年了，我不曾想过她。傍晚时，我路过一个岔路口，迎面走来一个女孩，十二三岁的模样。女孩梳着现时不多见的两根长辫子，乌黑的。女孩很安静地走着。我一下子想起她，眼睛渐渐蒙上一层薄雾。那打碗花一样的微笑，是我最初遇到的美好。

陌上花开蝴蝶飞

　　这世上，最让人惆怅的事莫过于，你曾经经历的蓊郁葱茏，都被时光的那只小手，拂得干干净净，烟尘也没留下一粒。某一天，你试图循着从前的路，想走回去，却早已物非人也非。风还在吹，水还在流，你却找不到你的过往了，仿佛你从未曾出现过。天地迢遥，山长水渺，你想凭吊，也无所附丽了。那种失落，才真正是疼，疼得慌。

　　有时半夜睡醒，我会突然想起从前的一些小光阴。弯弯的田埂。冒着炊烟的茅舍。蜷在土墙上打盹的黑猫。木槿花围成的篱笆院落，花红一朵紫一朵地开着。岁月的波光涛影啊，它们在我的心头流啊流。

　　我睁眼痴痴地想上一想，四周漆黑，万籁俱静，我犹如孤岛。

我知道，回不去了。我的村庄之于我，是陌生的了。我之于它，亦像是天外来客。故乡偶尔还是回的，却每每靠近，都有点像踩着唐时贺知章的脚印，怯了又怯——"儿童相见不相识，笑问客从何处来"，真的就是那样的。

"陌上花开蝴蝶飞，江山犹似昔人非"，还是趁我尚有记忆的时候，让我在记忆里打捞一把吧，以慰相思。

我穿鞋，总是鞋头先破。

新鞋穿上没两天，脚趾已露了出来。

不单单是我，那时的小孩，都是这样的。我们走路从来没有正儿八经过，好好的路放着不走，却专门挑那些坑坑洼洼高低不平的地方走，也爱翻沟爬渠。总之，是要带点挑战性的。

路上遇到水洼子，我们踩水洼子。遇到泥块，我们踢泥块。遇到碎砖，我们踢碎砖。遇到小石子，我们踢小石子。实在没什么可踢的了，我们就踢路边长着的小花小草。可怜了那些小花小草，就那么好脾气地任由我们踢着，早也踢，晚也踢。反正，我们的脚是不能闲着的。

布鞋经得起我们几回踢？我妈的一针一线，很轻易地就被我踢破了。回家挨打是免不了的，可就是不长记性，再走路，依然不会好好去走，把路上能踢的东西都踢个遍，沉醉其中，满心欢喜。

想来，四平八稳的生活，连小孩也不喜的，日子里总要擦出点小火花，那才叫有意思吧。

我穿裤子，也总是裤兜先破。

我妈晚上帮我脱裤子，准会在裤兜里倒出一堆的"宝贝"来：小石子，玻璃瓶盖，小瓦片，树叶，泥块，芦苇枝，蜗螺壳……有时，还会有小虫子，像蚂蚱之类的。

我妈边倒边骂，讨债鬼，你装这些垃圾做什么啊！

我吓得不敢吱声，怕一吱声，我妈的巴掌就拍过来了。

也还是不长记性，到第二天，裤兜里准又装上这些玩意儿了，乐此不疲。我姐也是。我弟弟也是。害得我妈替我们补着补不完的衣裳。

在一个孩子的眼里，所有的物，都值得亲近，且是万金不换的宝贝。

有一段日子，我特痴迷于挖灶台和造小房子。

提了猪草篮子，说是去割猪草，其实哪里是。到了地里，猪草篮子被扔到一边去，我开始挖灶台。泥堆出台子。泥做出锅碗瓢盆。我在灶台上做"饭"做"菜"，好一个热气腾腾。玩到日落，还不想回家。

也用芦苇、茅草搭建小房子。有一次，我在桑树地里，整出一小块空地，用树枝、软草，盖了一幢小房。我捉一只虫子进去，代替我住着。用桑树叶代替鸡几只、鸭几只，放在房前，想象着它们正在自在地觅食。我还在房顶上插满小野花，自认为把它打扮得很美，一日三回跑去看，真是欢喜得不得了。夜里兴奋得睡不着，睁着眼还瞎高兴半天，也不知道高兴个啥，仿佛藏着一个天大的秘密。

我奶奶追着鸡跑，终于发现了我的小秘密。她嘟哝着骂着什么，很生气地捣毁了我的小窝。树枝和软草，被她拾回家，做了引火草。

我独自难过了很久。

现在想来，我从小就表现出大众化的庸常来，亲近凡俗，热衷于一灶一锅、一瓢一勺、一庭一院。我注定了一辈子只有在烟火里才得心安。

远房亲戚家，新过门的媳妇生了小孩，家里大人商量着，要去送月子礼。

十月里，正是收获季节，地里的活儿一桩接一桩，谁有那闲空走亲戚？大人们称回几斤馓子和红糖，为谁去送这个礼作了难。我人小，在一边却听得兴奋，仰了头说："我去。"这等走亲戚，总是好处多多的，在亲戚家，我肯定能吃上糖水泡馓子。这小算盘，我可拨得叭啦响。

我妈果真让我去了。她就那么放心的，让一个才五六岁的孩子，去往陌生地。多年后，我妈叹息着说："有什么办法呢？那时穷啊，大人要挣工分啊。"

那个远房亲戚家，我从未到过，亲戚也是我未曾谋过面的。但无知者无畏，我雄赳赳气昂昂地挎着小竹篮，就上路了。一路走，一路记着我奶奶交代过的，要过四座桥，要转五个弯。

好吧，我爬过四座桥去（那时桥都是木桥，留很大缝隙，我是不敢走着的，只能爬）。我转了五个弯，一个村庄呈现在我跟前。棉花地连着棉花地，茅草房连着茅草房。我穿过一块棉花地，再一块棉花地，在一排茅草房前徘徊，并不担心找不着亲戚家。小脑袋里转着那样的念头，新生了小孩的人家，门前肯定晾着尿布的，亦肯定晾着婴孩的小红衫。刚出生的孩子，都穿这个，这我知道。我有限的人生经验里，竟无意中装进了家乡的很多老风俗。

循着晾衣绳上的尿布，和院门前桃树上晒着的婴孩的小红衫，我没怎么费劲，就找到了亲戚家。亲戚全家惊奇得不得了，那个我叫大妈的妇人，弯腰抱起我，使劲亲，她不相信地一声声问："小乖乖，你怎么就摸到的？你怎么就摸到了？"

我如愿吃到了糖水泡馍子，还收获到回礼一份——两只大饼，纯白面粉做的。

　　当天，我顺利回家。晚上，一家人围在灯下，翻看着我带回的两只大饼，热切地问了我很多很多：路上怎么走的，又怎么摸到那个大妈家的，大妈说了些什么，我又说了些什么，吃了些什么。问了一遍又一遍，我答了一遍又一遍。

　　我妈跟我聊天，提及我小时候的这件事。我妈说："你从小就聪明，那么小的人，能摸那么远的路，还知道新生了小儿的人家，门口要晒小红衫。你命大福大，以后会有享不完的福的。"

　　我很含蓄地笑了。我没告诉我妈的是，我只是被那碗糖水泡馍子牵着去的。

　　想望一场雪。

　　雪也总不来。好些个冬天，风也是冷的，水也是寒的，天却冷得拖泥带水的。

　　从前的冬天，却不是这样的。天说冷就冷，干脆，果断，彻底。雪一下就是几昼夜。冰凌在屋檐下挂着，一根根，晶莹闪亮，远观去，一排，像水晶帘子。

　　我们拿它当冰棍吃。手冻得通红，像红萝卜。脸也冻得通红，像红苹果。却不觉得冷，还是要往外跑，小狗样的，在冰天雪地里，撒着欢。

大人也没时间管我们，随我们到处野去，穿得不多也是不要紧的。小孩屁股后面有三把火，我奶奶说。天尽管冷得嘎嘣嘎嘣的，我们却很少被冻坏了，连感冒头疼也少有。

最喜欢的是玩冰。在冰上打冰漂，比赛谁漂得远。小河里的冰，结有几寸厚吧，打冰漂不过瘾的，我们都跑去冰上溜着。便常有意外发生，玩着玩着，脚下的冰突然裂了缝，抽身不及，"扑通"掉下去。幸好是大冬天，都穿着棉衣棉裤，一时半会儿沉不下去，也都能被及时救上来。

我姐经常翻老皇历，对着我小弟，说某年的冬天，她走在去上学的路上，见到我小弟的花棉袄浮在水面上。当时，周围一个人也没有。她伏到冰块上，硬是用牙齿咬着我小弟的棉衣，把他给拽了上来。我姐说，那时，她也只是个孩子，不过十一二岁。

这惊险的一幕，我小弟毫无印象。我姐对此很不满。我救了你的命哪，不是我，哪有今天的你，我姐说。

我小弟心里早就认了，嘴却硬，说她是讲故事。

每年，我奶奶会挑一只母鸡，让它抱窝儿。

抱窝儿的母鸡很敬业，一动不动伏在窝里，伏在一堆鸡蛋上。然后某天，我尚在午睡，耳边就听见了雏鸡的叫，唧唧，唧唧，外面的天光都被这稚嫩的声音，唤得青翠流转起来。

一群小鸡，毛茸茸，粉嘟嘟的，试探着在地上走，走得跌跌撞撞。母鸡领着这样一群鸡崽，出门去，风光无限。

我对母鸡实在好奇，以为我们人，也像母鸡孵蛋一样，这么给孵出来的。我偷拿了鸡蛋，学母鸡的样，孵。结果，鸡蛋在我身下碎了，蛋黄蛋清糊了一身，被我奶奶捉住，狠揍了一顿。我奶奶一连唠叨了数日，说我是败家子。她痛惜着那几只鸡蛋，可以换到几斤盐的。

我后来还偷试过两回，不成功，终死了心。

糊里糊涂参加过一次追悼会，一个大人物的。

是春末夏初的天，村人们神情庄严，悄悄传说，谁谁谁死了。

谁死了？小孩多嘴问。立即被大人警告，不许瞎问。村部设了灵堂，白色的幔子拉起来，中间一个大大的黑色的"奠"字。一二年级的小朋友也被告知，要参加追悼会，叫我们回家准备白衬衫。我们小孩只管在心里高兴，觉得自己被当作大人看待，这是其一。更重要的是，可以不用坐在教室里，可以看见一群又一群人聚在一起，多热闹啊。

一堆儿的姑娘婶娘在叠白花，手底下开满了小白花，雪一样白，那么多，都快成河流荡起来了。我真愿意她们就那么叠下去。

白衬衫哪里有呢？我妈没法，弄了件她洗得泛白的衫子，给我套上。我一直拖到脚面上，像穿了件长裙子。别一朵小白花在胸前。——这都是好玩的事。高兴啊，真恨不得天天开追悼会。却不敢在脸上显露出高兴来，学大人们的样，让表情沉重着。

一队一队的人，走进灵堂去。有人在前面喊，一鞠躬，二鞠躬，三鞠躬。哀乐声循环播放。

出门，外面的阳光晃花了眼。人们都扯下胸前的小白花，扔到地上，脸上的庄严肃穆倏忽不见。我站在阳光下发愣，这就算完了？我略略有些惆怅。地上"开满"了小白花，真漂亮啊，我真想捡了它们回家。

掌心化雪

那个时候，她家里真穷，父亲因病离世，母亲下岗，一个家，风雨飘摇。

大冬天里，雪花飘得紧密。她很想要一件暖和的羽绒服，把自己裹在里面。可是看看母亲愁苦的脸，她把这个想望压进肚子里。她穿着已洗得单薄的旧棉衣去上学，一路上冻得瑟瑟。她想起安徒生的童话《卖火柴的小女孩》，她想，若是她也有一把可供燃烧的火柴，该多好啊。——她实在太冷了。

拐过校园那棵粗大的梧桐树，一树银花，映着一个琼楼玉宇的世界。她呆呆站着看，世界是美好的，寒冷却钻肌入骨。突然，年轻的语文老师迎面而来，看到她，微微一愣，问："这么冷的天，你怎么穿得这么少？瞧，你的嘴唇，都冻得发紫了。"

她慌张地答:"不冷。"转身落荒而逃,逃离的身影,歪歪扭扭。她是个自尊的孩子,她实在怕人窥见她衣服背后的贫穷。

语文课,她拿出课本来,准备做笔记。语文老师突然宣布:"这节课我们来个景物描写竞赛,就写外面的雪。有丰厚的奖品等着你们哦。"

教室里炸了锅,同学们兴奋得喳喳喳,奖品刺激着大家的神经,纷纷猜测,会是什么呢?

很快,同学们都写好了,每个人都穷尽自己的好词好语。她也写了,却写得索然,她写道:"雪是美的,也是冷的。"她没想过得奖,她认为那是很遥远的事,因为她的成绩一直不引人注目。加上家境贫寒,她有多自尊,就有多自卑,她把自己封闭成孤立的世界。

改天,作文发下来,她意外地看到,语文老师在她的作文后面批了一句话:"雪在掌心,会悄悄融化成暖暖的水的。"这话带着温度,让她为之一暖。令她更为惊讶的是,竞赛中,她竟得了一等奖。一等奖仅仅一个,后面有两个二等奖、三个三等奖。

奖品搬上讲台,一等奖的奖品是漂亮的帽子和围巾,还有一双厚厚的棉手套。二等奖的奖品是围巾,三等奖的奖品是手套。

在热烈的掌声中,她绯红着脸,从语文老师手里领取了她的奖品。她觉得心中某个角落的雪,静悄悄地融了,湿润润的,暖了心。

那个冬天，她戴着那顶帽子，裹着那条大围巾，戴着那副棉手套，严寒再也没有侵袭过她。她安然地度过了一个冬天，一直到春暖花开。

后来，她读大学了，她毕业工作了。她有了足够的钱，可以宽裕地享受生活。朋友们邀她去旅游，她不去，却一次一次往福利院跑，带了礼物去。她不像别的人，到了那里，把礼物丢下就完事，而是把孩子们召集起来，温柔地对孩子们说："来，宝贝们，我们来做个游戏。"

她的游戏，花样百出，有时猜谜语，有时背唐诗，有时算算术，有时捉迷藏。在游戏中胜出的孩子，会得到她的奖品——衣服、鞋子、书本等，都是孩子们正需要的。她让他们感到，那不是施舍，而是他们应得的奖励。温暖便如掌心化雪，悄悄融入孩子们卑微的心灵。

会飞的太阳

一

去一个老宿舍区找人。

老宿舍是二十世纪八十年代初建的，平房，一字排开，隔成一小间一小间的。一小间里住一户人家，一家好几口人，都挤在这一小间里。邻里不消说鸡犬声相闻，就是彼此间轻微的呼吸，都能听得见。——当然，这都是从前的事了。

现在，这些平房，蹲在几幢高楼后。房顶的瓦片上，生满了岁月的绿苔。乡下的草，也跑来凑热闹，一簇一簇的狗尾巴草，聚集在房屋顶上，春天绿着，秋天黄着。墙壁上涂抹的白石灰，已斑驳成印象画了。前面的高楼挡着，老房子终年难得见到阳光。

在老房子里长大的孩子们，早已羽翼丰满，飞了。他们再不肯住在这里，哪怕在外租房住。留守在这儿的，都是些上了岁数的老人。老人们念旧，住久了的房子，有些像他们的亲人，难丢难舍。

我去时，是冬天。冬天的阳光，见缝插针地，从高楼的缝隙里，漏下一点两点来。我看到几个老妇人，从老房子里捧了被子出来，追着阳光走。阳光走到哪儿，她们就把被子晾到哪儿，一边拍打着被子上阳光的羽毛，一边闲闲地说话。她们看到诧异的我，笑着对我说："我们在赶太阳呢。"脸上是一派的安详。

赶太阳？多好的一个词语！我在这个词语前驻足，从此铭记在心。每当我觉得寒冷的时候，觉得灰心失望的时候，我就把这个词语掏出来，暖一暖。人生不是被动地接受，而是主动地追求，才能获得你所需要的温度。

二

连续的阴雨，天像破了似的，滴答滴答个没完没了。

家里的衣物，摸上去都是潮乎乎的，——连人也似乎是潮乎乎的人了。南方的梅雨天，总是让人难耐。

小孩子却没有这样的感觉，雨天里他们照旧玩得兴高采烈的。

他们穿了雨鞋，偏寻着洼地积水走，一脚踩下去，击起水花一朵朵，乐得他们哈哈笑。

五岁的小侄儿，也跟着别的孩子，去踩洼地的积水玩。还叠了一些小纸船去放，边放边唱着别人不懂的歌。孩子的快乐，简单透明，无关天气。

又一阵雨来，他被"捉"回家。他四下里看看，突然问我："姑姑，你有彩笔吗？我想画画。"

我赶忙找了纸笔来，他握笔在手，大刀阔斧地作画。

他先画一幢房，房子歪歪扭扭的，上面开满门和窗。

我问："为什么画这么多的门和窗啊？"

小侄儿答："是为了让小猫小狗进来呀，还有小鸟进来呀，还有小兔子、小熊进来呀……"我失笑不已，小侄儿大概准备开动物园了。

他又开始画树和花。树们很不成规矩地挤在一起，高的矮的，胖的瘦的，有弯着长的，有斜着站的，一律是山花插满头，花朵儿小果子似的挂着。

问他："哪有树是这样长的？"小侄儿不屑地一撇嘴，答："本来就是这样长的呀。"

后来，他画了一个大太阳，光芒长得恨不得拖到地上。又唰唰几笔，给大太阳加上了一对硕大的翅膀。

我说："太阳怎么长了翅膀呢？"

小侄儿头也不抬地说："太阳本来就有翅膀啊，下雨的时候，它飞出去玩了，一会儿，它还会飞回来的。"

感动。原来，无论天空如何阴霾，太阳一直都在的，不在这里，就在那里，因为，它长了一对会飞的翅膀。

花盆里的风信子

　　他一直不是个好学生，惹是生非，自由散漫，不学无术。老师们看到他就摇头，同学们也不待见他。为了让他少惹事，老师们对他说："张星，这次考试，你可以不参加。""张星，星期天补课，你可以不来。"那么，好吧，他乐得逍遥，整日里游东逛西，打发光阴。偶尔坐在教室里，也是伏在课桌上睡觉。

　　新来的女老师，有双美丽的大眼睛。女老师特别喜欢花草，自己掏钱包，买来很多的花草装点教室。这个窗台上搁一盆九月菊，那个窗台上放一盆吊兰，教室被她装点得像个小花园。

　　那天，上课铃声响过后，他才拖拖沓沓进教室，却遇见女老师一双微笑的眼。女老师手上托一个小花盆，对他说："张星，这盆花放在你旁边的窗台上，交给你管理，可以吗？"

他有些意外，一时竟愣住了。定睛看去，花盆里只一坨泥，哪里有半点花的影子。女老师看出他的疑惑，笑吟吟地说："泥里面埋着花的根呢，只要你好好待它，它会很快长出叶来，开出花来。"

他接下花盆，心慢慢湿润了，第一次有种被人信任的感觉。虽然表面上，他还是一副满不在乎的样子。

他极少再东游西荡，待在教室里的时间，越来越长。他不再伏在桌上睡觉，他给那盆花松土，浇水。他的眼光，常不由自主地望向那只小花盆，心里开始充满期待。

春寒料峭的日子，那盆土里，竟冒出了嫩黄的芽。芽最初只有指甲大小，像羞怯的小虫子，探头探脑地探出泥土来。他忍不住一声惊叫："啊，出芽了！"心里的欣喜，排山倒海。同学们簇拥过来，围在他的座位旁，和他一起观看花长芽。弱小的生命，在他们的守望中，渐渐蓬勃起来。三月的时候，葱绿的枝叶间，开出了桃红的花，一朵，再一朵。居然是一盆漂亮的风信子。

他激动地拉来女老师。女老师低头嗅花，突然微笑地问他："张星，你知道风信子的花语是什么吗？"他茫然地摇摇头。女老师说："风信子的花语是，只要点燃生命之火，便可同享丰盛人生。"他没有吱声，若有所思地打量着那盆花。桃红的花朵，像燃烧着的小灯笼，把他黯淡的人生，照得色彩明艳。

他开始摊开课本，认真学习。本不是个笨孩子，成绩很快上去了。老师们都有些惊讶，说："张星啊，没看出你这小子还有两下子呀。"他羞涩地笑。坚硬的心，像窗台上的那盆风信子，慢慢地盛开了。有些疼痛，有些欢喜。做人的感觉，原来是这么的好。

后来，他毕业了。由于基础太差，他没能考上大学。但他却找到了自己的人生支点，租了一块地，专门种花草。经年之后，他成了远近闻名的花匠，培育出许多品质优良的花卉，其中，有各种各样的风信子。

走着走着，花就开了

栎栎，在给你回这封信的时候，我的音箱里，正播着周艳泓唱的《春暖花开》。这歌我真是喜欢听，好些年了，我一直喜欢着。春来的时候听着，十分地应景。即便是隆冬里听着，也很合宜。它轻快明丽的旋律，总能使人如置身万花丛中，鸟在鸣叫，花在歌唱，生命真是美好啊。"对着蓝天许个心愿，阳光就会照进来"，有些时候，果真是这样。并不是你许的愿有多灵验，而在于你的心情。心里若有阳光，再多的灰暗，也会变得灿烂。

你现在的心情，却整个的，都是灰的。你告诉我，你很焦虑。你不知道要走向哪里，你惧怕着那个"前头"。十八九岁的年纪，你感到，自己已经很老很老了。你陷在童年的回忆里，无休无止。那时，天也蓝，云也白，你聪明伶俐，唐诗宋词，教过几遍，你就能朗朗上口。你学钢琴，一首曲子，弹了一二十遍，就能弹得流畅飞扬。你还登台表演，做过小主持人。一帮孩子里，就数你最出众，你深得众人喜爱。如今，一切都变了，你处处碰壁。从前那个杰出的孩子，已像一粒沙子，掉进沙堆里，再也显示不出一点点的独特。你害怕往前走，你只觉得前头都是黑暗里的黑，看不到一丝光亮。

栎栎，恕我直言，我要说，不是你变得不杰出了，而是，你本身就是一个寻常的孩子。在这世上，我们原本都是寻常中的一员。江海宽大，还不是由一滴一滴寻常的水组成？是的，我不否认，你的聪明伶俐，你的优秀，但这都是在正常智力范围内的。这世上，又有几个孩子天生是愚笨的？你只不过是在某一个或某几个领域里，比别的孩子多走了几步路而已。因此，你有光环加身。那样的光环，耀花了你的眼，使你误以为，你只属于鲜花和掌声。

等你长大一些，你发现，那光环，不知何时，已黯淡了，已无踪无影了。你成了一堆沙子中的一粒，你不能接受，你无所适从。然而我却要恭喜你，恭喜你终于回归到正常，恭喜你成了你。一个人，只有当他不慕虚荣，远离浮华，他才能回归到本真，看清自己，脚踏实地，做好他正在做着的事。就像你的现在，我猜想，你应该还是个学生吧，还在读书吧。那么，你好好读好你的书，热爱大自然，热爱生命，你也就很优秀了。

栎栎，每个人，在这个世上的存在，都是唯一的，独一无二的。做好你自己，以一颗平常心，待人待己。一辈子很长，怎么可能时时有鲜花掌声相伴？很多时候，路得靠你一个人去走，途中会遇到山石林立、崎岖艰难，这都正常。因为你遇到的，别人也会遇到。而这时候，拼的就是勇气、毅力、恒心、信念，你如果比别人多出一分勇气、毅力、恒心和信念，你就有可能到达成功的彼岸，到达你所说的"杰出"。

栎栎，放下你的焦虑，思考一下你到底想要什么。然后，拿出勇气来，认真走好脚下的路。将来的事，充满了无数的不确定性，去愁着忧着做什么呢？你只管走下去，走下去，走着走着，花就开了。只要你不停下脚步，这一刻是道阻且长，下一刻，也许就遇见了人生的丰美。就像牛羊掉进了丰美的草原。

祝福你！

桃花流水窅然去

小桥。流水。凉亭。茂密的垂柳，沿河岸长着。树干粗壮，上面布满褐色的皱纹，一看就是上了年纪的。桥这边一排平房，青砖黛瓦木头窗。桥那边一排平房，同样的青砖黛瓦木头窗。门一律漆成枣红色。房前都有长长的走廊，圆拱门连着，敞开的隧道似的。还有长着法国梧桐的大院落，梧桐棵棵都壮硕得很，绿荫如盖。老人们说，当年这地方，是一个姓戴的地主家的大宅院。后来，收归公家所有，几经周转，最后，改成了学校。周围六七个庄子的孩子，升上初中了，都集中到这儿来读书。门牌简单朴实，黑漆字写在白板子上——戴庄中学。

我念初中的时候，每日里走上六七里地，到这个中学来读书。都是十三四岁的孩子，今儿见着，还瘦小着呢，明儿再见，那个子已蹿长得跟棵小白杨似的。我也在不断地长着个头。母亲翻出旧年的衣衫给我穿，袖子嫌短了，衣摆不够长了。母亲在衣袖上接上一块，在下摆处，也接上一块。用灰的布条，或蓝的布条。我穿着这样的衣裳，走在一群齐整的同学中间，内心自卑得如同倒伏在地的小草。

有个女生，父亲是教师，家境优越。做教师的父亲帮她买漂亮的裙子，还有围巾。春天了，小河两岸的垂柳，绿得人心里发痒。我们的心，也跟着长出绿苞苞来，欣喜有，疼痛有，都是莫名的。课间休息，那个女生，从小桥那头走过来，脖子上系一条玫瑰红的围巾，风吹拂着她的围巾，飘成空中美丽的虹。她的头顶上方，垂下无数根绿丝绦。红的色彩，绿的色彩，把她衬托得像画中人。我确信，那会儿，全校同学的眼光，都落在她的身上。我渴盼也有条那样的红围巾，玫瑰红，花瓣儿般的柔软，然而以我家当时的经济条件，那是遥不可及的梦想。我变得忧伤了。

我的身体亦开始出现了一些变化，开始长胖，开始来潮。第一次见到凳子上的殷红，我大惊失色。同桌女生悄声要我不要动，让我等全班同学走光了再走。她后来告诉我，女生长大了，每个月都要见血的。她帮我洗净了凳子，我羞愧得哭泣不已，觉得自己丑。

我变得不爱说话。即使被老师喊起来回答问题，声音也小得跟蚊子似的。班上男生女生打闹成一片，唯独我是孤独的。男生们给女生取绰号，他们嘻嘻哈哈地叫，女生们嘻嘻哈哈地应。但他们愣是没给我取绰号，让我时刻提着一颗心，担心他们在背地里取笑我。一天，同桌突然告诉我，你也有绰号的呀，你的绰号叫"小胖"。我的心，在那一刻黑沉沉地往下掉，掉到看不见的地方去了。

地理课上，教地理的老人家，在讲台前讲得眉飞色舞。底下的学生，却兀自说着话。老人家管不了，生气地摔了书本。我前排的男生学着他摔书本，不小心带动桌上的墨水瓶，墨水瓶飞起来，不偏不倚，洒了我一身。如果换了一个人，或许我不会那么难过，可偏偏洒我墨水的男生，是我一直暗暗喜欢的。他长得帅气，成绩好，歌唱得也好，还会吹笛子。虽然他一再道歉，在我，却是莫大的伤害，我坚定地认为，他是故意的。从此看见他，跟仇人似的，心却痛得无处安放。

上美术课了，同学们一阵雀跃。老师在黑板上画了一株桃花，让我们仿画。一缕春风从敞开的窗户吹进来，吹动我们的书本。有燕子在窗外呢喃。我的心，在那一刻想逃走，逃得远远的。我想起跟父亲去老街时，看见老街附近有一片桃园，那时，桃正蜜甜在树上。若是千朵万朵桃花一齐怒放，会是什么样子？——我想知道。

我突然就坐不住了，春风里仿佛伸出无数双手，把我使劲往校园外拽。我不要再见到男生的怪模样，女生的怪模样。不要再见到玫瑰红的围巾，别人有，而我没有。不要再见到前排的那个男生，他总是嬉皮笑脸着，露出一口洁白的牙。不要再见到秃顶的英语老师，眼光从镜片后射出来，严厉地盯着我问："今天天气如何，怎么翻译？"

我要去看那些桃花——这想法让我兴奋。我努力按捺住跳动的心，把下午两节课挨下来。两节课后，是活动课，大多数同学，都到操场上玩去了，我溜出校门。满眼是碧绿的麦子，金黄的菜花。人家的房，淹在排山倒海的绿里面黄里面。风吹得人想飞。我一路狂奔，向着那片桃花地。

半路上，遇到一只小狗，有着麦秸黄的毛，有着琥珀似的眼睛。它蹲在路边看我，我也看它，我们的信任，几乎是在一瞬间达成。我行，它也行，起初它离我有几尺远的距离，后来，干脆绕到我的脚边。我临时给它起了个名副其实的名字，小狗。我叫："小狗。"它就朝我摇摇尾巴，好像很满意我这叫法。我们一路相伴着走，一人，一狗，阳光照着，很暖和。

当大片的桃花，映入我的眼帘时，天已暮。一树一树的桃花，铺成一树一树粉粉的红，仿佛流淌的河，静静地，朝着夜幕深处流去。看得我，想哭。有归家的农人，从桃园边过，他们不看桃花，他们看着我，奇怪地问："孩子，你找谁？"

我摇着头，走开。我在心里说，我不找谁，我只找桃花。

那一晚，我一直在桃园边游荡，陪着我的，是那条半路相遇的小狗。走累了，我们钻进桃园，倚着一棵桃树睡了，并不觉得害怕。

第二天清早，我原路返回，小狗一直跟着我。在校门口，我蹲下身子，抱住它的头，不得不跟它说再见。我后来进校园，回头，看到它蹲在校门口看我，眼睛里充满不舍，还有忧伤。

学校里早就闹翻了天，因为我的离校出走。母亲一夜未睡，在外面无头无绪地找了大半宿，一屁股跌坐到教室外的台阶上，哭。当看到我出现时，母亲又惊又怒。所有人都来追问我，到底去哪里了？为什么要离校出走？他们问，我就哭，直哭得上气不接下气，哭得他们反过来劝我不要哭了。其实我那时，根本不知道自己在哭什么，觉得像做了一场梦。但哭过后，我的心宁静了，我安静地坐在教室里，读书，做作业。倒是我的同桌，像探听秘密似的，问我去了哪里。我不说。她眼光幽幽地看着窗外，向往地说："你去的地方，一定很好玩吧？"

成年后，跟母亲笑谈我年少时的种种，我问母亲："记不记得那一次我逃课？"

母亲问："哪一次？"

我说："去看桃花的那一次。"母亲"啊"一声，笑："你一直很乖的，哪里逃过课？"

温情：有一种爱叫相依为命

这世上，有一种最为凝重、最为深厚、最为坚固的情感，叫相依为命。它与幸福离得最近，且不会轻易破碎。因为，那是天长日久里的渗透，是融人彼此生命中的温暖。

有一种爱叫相依为命

有人做实验，把一匹狼和一只刚出生的小羊放到一起养。所有人都不看好小羊的命运，觉得狼迟早会吃掉小羊。但结果却是，狼非但没有吃掉小羊，反而成了小羊最亲密的朋友。它们一起玩耍、一起嬉戏，形影不离。

实验结束后，工作人员把小羊牵走，这时，出现了感人的一幕：狼奋力扑到铁丝网上，对着铁丝网外的小羊长嗷不已，声音凄厉至极。小羊听到狼的叫唤，奋力挣脱绳索，反扑过去，哀哀应着。生离死别般的。

原来，狼和羊也是可以相爱的啊，它们彼此的孤寂相互吸引，在日子的累积之下，衍生出同病相怜、风雨同舟的情感来。

狼和小羊的故事，让我想起我的祖父祖母。我的祖母身材修长，皮肤白皙，年轻时是出了名的美人，而我的祖父，个头矮小，皮肤黝黑，还罗圈腿。他们两个怎么看也不像般配的一对。我曾追问过祖母怎么会嫁给祖父。祖母笑着说，那个时候女人嫁人之前，根本就不知道自己要嫁的男人是什么样的，全凭父母做主，嫁鸡随鸡，嫁狗随狗。

在这种认定命运安排的前提下，我的祖父祖母过起了家常的日子，一路相伴着走下来，一生生育七个子女，都养大成人。老了的两个人，像两只老猫似的，相偎着坐在屋前晒太阳。偶尔，祖父出外转转，祖母转眼见不到祖父，会着急地到处询问：老头子呢？老头子哪去了？

祖母八十二岁那年，生病住院开刀。家里人怕祖父担心，瞒他说祖母是小病，在医院住两天就可以回家了，不让他去医院探望。祖父嘴上答应了，背地里却一个人骑了自行车，赶了三十多里的路，摸到医院去看望祖母。祖母仿佛有感应似的，忽然对我们说，老头子来了。大家不信，到门外去看，果真看到祖父正喘着粗气，颤巍巍地站在门外。

还听过这样一个故事：二十世纪六十年代，某大学教授被下放到边远山村，在那里吃尽苦头。幸好有一当地姑娘很照顾他，让他在阴霾里，看到阳光，他和姑娘结了婚。后落实政策，教授返城，才华出众的他，身边一下子簇满了众多优秀的女人，个个都是熠熠复熠熠的。有人劝教授，离了乡下的那个，重找一个相配的吧。教授拒绝了，他说，我已习惯了生活中有她。他坚持把大字不识一个的妻子，从乡下接到城里来，和她同进同出。

这世上，有一种最为凝重、最为深厚、最为坚固的情感，叫相依为命。它与幸福离得最近，且不会轻易破碎。因为，那是天长日久里的渗透，是融入彼此生命中的温暖。

奔跑的小狮子

她常回忆起八岁以前的日子：风吹得轻轻的，花开得漫漫的，天蓝得像大海。妈妈给她梳漂亮的小辫子，辫梢上扎蝴蝶结，大红、粉紫、鹅黄。给她穿漂亮的裙子，带她去动物园，看猴子爬树，给鸟喂食。妈妈给她讲童话故事，讲公主一睁开眼睛，就看到王子了。她问妈妈，我也是公主吗？妈妈答，是的，你是妈妈的小公主。

可是有一天，她睁开眼睛，一切全变了样。妈妈一脸严肃地对她说，从现在开始，你是大孩子了，要学着做事。妈妈给她端来一个小脸盆，脸盆里泡着她换下来的衣裳。妈妈说，自己的衣裳以后要自己洗。

正是大冬天，水冰凉彻骨，她瑟缩着小手，不肯伸到水里。妈妈在一边，毫不留情地把她的小手，按到水里面。

妈妈也不再给她梳漂亮的小辫子了，而是让她自己胡乱地用皮筋扎成一束，蓬松着。她去学校，别的小朋友都笑她，叫她小刺猬。她回家对妈妈哭，妈妈只淡淡说了一句，慢慢就会梳好了。

她不再有金色童年。所有的空余，都被妈妈逼着做事，洗衣、扫地、做饭，甚至去买菜。第一次去买菜，她攥着妈妈给的钱，胆怯地站在菜市场门口。她看到别的孩子，牵着妈妈的手，一蹦一跳地走过，那么地快乐。她小小的心，在那一刻，涨满疼痛。她想，我肯定不是妈妈亲生的。

她回去问妈妈，妈妈没有说是，也没有说不是。只是埋头挑拣着她买回来的菜，说，买黄瓜，要买有刺的，有刺的才新鲜，明白吗？

她流着泪点头，第一次懂得了悲凉的滋味。她心里对自己说，我要快快长大，长大了去找亲妈妈。

几个月的时间，她学会了烧饭、炒菜、洗衣裳；她也学会，一分钱一分钱地算账，能辨认出，哪些蔬菜不新鲜；她还学会，钉纽扣。

一天，妈妈对她说，妈妈要出趟远门。妈妈说这话时，表情淡淡的。她点了一下头，转身跑开了。等她放学回家，果然不见了妈妈。她自己给自己梳漂亮的小辫子，自己做饭给自己吃，日子一如寻常。偶尔，她也会想一想妈妈，只觉得，很遥远。

再后来的一天，妈妈成了照片上的一个人。大家告诉她，妈妈得病死了。她听了，木木的，并不觉得特别难过。

半年后，父亲再娶。继母对她不好，几乎不怎么过问她的事。这对她影响不大，基本的生存本领，她早已学会，她自己把自己打理得很好。如岩缝中的一棵小草，一路顽强地长大。

她是在看电视里的《动物世界》时，流下热泪的。那个时候，她已嫁得好夫婿，在日子里安稳。《动物世界》中，一头母狮子拼命踢咬一头小狮子，直到它奔跑起来为止。她就在那会儿，想起妈妈，当年，妈妈重病在身，不得不硬起心肠对她，原是要让她，迅速成为一头奔跑的小狮子，好让她在漫漫人生路上，能够很好地活下来。

父亲的菜园子

父亲在电话里给我描绘他的菜园子：菠菜，大蒜，韭菜，萝卜，大白菜，芫荽，莴苣……里面什么都长了，你爱吃的瓜果蔬菜有的是，你就等着吃吧。

我的眼前，便浮现出这样的菜园子：里面的青翠缠绵成一片，深绿配浅绿，吸纳着阳光雨露。实在美好。

既而我又有些怀疑了，父亲虽是农民，但他干的是粗活，挑粪挖地，他很在行。而种瓜果蔬菜，是精致活，像绣花一样，得心细才行。这些，几十年来都是母亲做的，父亲根本不会。

我的疑虑还未说出口，父亲就在那头得意地说，种菜有什么难的？我一学就会了。我知道你喜欢吃这些呢，所以辟了很大的一个菜园子。

自从母亲的类风湿日益严重，父亲学会了做很多事，譬如煮饭和洗衣。想到年近七十的老父亲，在锅台上笨拙的样子，我的眼睛，就忍不住发酸。父亲却呵呵乐，说，等你回来，我到菜园子里挑了菜，炒给你吃，保管你喜欢。

父亲的菜园子，在父亲的描绘中，日益蓬勃起来。他说，青椒多得吃不掉了，扁豆结得到处都是，黄瓜又打了许多花苞苞，萝卜马上能吃了……我家的餐桌上，便常常新鲜蔬菜不断，碧绿澄清。有的是父亲亲自送来的，有的是父亲托人带来的。父亲说，市场上的蔬菜农药太多，你们少买了吃，还是吃家里带的好。

有时，父亲带来的蔬菜太多，我吃不掉，会分赠给左右邻居。即便这样，父亲仍在电话里问，够不够吃？不够，我菜园子里多着呢。仿佛他那儿有一口井，可以源源不断地喷出清泉来。

便想象父亲的菜园子，里面的瓜果蔬菜，长势喜人，是一畦一畦的活泼呢。

偶然得了机会，我回家，第一件事，就是直奔父亲的菜园子。母亲坐在院门口笑，母亲说，你爸哪里有什么菜园子啊，学了大半年，他才学会种青菜。这人笨呢。

我疑惑，那，爸送我的那些蔬菜哪里来的？

母亲说，是你爸帮工帮来的。我不能种菜了，他又不会种，怕你没菜吃，他就去邻居家帮工，人家就送他一些现长的瓜果蔬菜。

我怔住。回头，瞥见父亲正站在不远处，不好意思地冲我笑，他因他的"谎言"被揭穿而羞赧。嘴上却不肯服输，招手叫我过去，说，你别听你妈瞎说，我不只会种青菜的，我还学会种芫荽。

他领我去屋后，那里，新辟了一块地，地里面，一些嫩绿的小芽儿，已冒出泥土来，正探头探脑着。父亲指着那些芽儿告诉我，这是青菜，那是芫荽。还种了一些豌豆呢。你看，长得多好。

这里，很快会成为一片菜园子，你下次回家来看，肯定就不一样了，父亲说。父亲的脸上，有骄傲，有向往，有疼爱。

我点头。我说到时记得给我送点青菜，还有芫荽，还有豌豆。我喜欢吃。

母亲的心

那不过是一堆自家晒的霉干菜、自家风干的香肠，还有地里长的花生和蚕豆、晒干的萝卜丝和红薯片……

她努力把这东西搬放到邮局柜台上，一边小心翼翼地询问，寄这些到国外，要几天才能收到？

这是六月天，外面太阳炎炎，听得见暑气在风中"嗞嗞"开拆的声音。她赶了不少路，额上的皱纹里，渗着密密的汗珠，皮肤黝黑里泛出一层红来。像新翻开的泥土，质朴着。

这天，到邮局办事的人，特别多。寄快件的，寄包裹的，寄挂号的，一片繁忙。她的问话，很快被淹在一片嘈杂里。她并不气馁，过一会儿便小心地问上一句，寄这些到国外，要多少天才收到？

她得知最快的是航空邮寄，三五天就能收到，但邮寄费用贵。

她站着想了会儿，而后决定，航空邮寄。有好心的人，看看她寄的东西，说，你划不来的，你寄的这些东西，不值钱，你的邮费，能买好几大堆这样的东西呢。

她冲说话的人笑，说，我儿在国外，想吃呢。

却被告知，花生、蚕豆之类的，不可以国际邮寄。她当即愣在那儿，手足无措。她先是请求邮局的工作人员通融一下。就寄这一回，她说。邮局的工作人员跟她解释，不是我们不通融啊，是有规定啊，国际包裹中，这些属违禁品。

她"哦"了声，一下子没了主张，站在那儿，眼望着她那堆土产品出神，低声喃喃，我儿喜欢吃呢，这可怎么办？

有人建议她，给他寄钱去，让他买别的东西吃。又或者，他那边有花生、蚕豆卖也说不定。

她笑笑，摇头。突然想起什么来，问邮局的工作人员，花生糖可以寄吗？里边答，这个倒可以，只要包装好了。她兴奋起来，那么，五香蚕豆也可以寄了？我会包装得好好的，不会坏掉。里边的人显然没碰到过寄五香蚕豆的，他们想一想，模糊着答，真空包装的，应该可以吧。

这样的答复，很是鼓舞她，她连声说谢谢，仿佛别人帮了她很大的忙。她把摊在柜台上的东西，一一收拾好，重新装到蛇皮袋里，背在肩上。她有些歉疚地冲柜台里的人点头，麻烦你们了，我今天不寄了，等我回家做好花生糖和五香蚕豆，明天再来寄。

她走了，笑着。烈日照在她身上，蛇皮袋扛在她肩上。大街上，人来人往，没有人会留意到，那儿，正走着一个普通的母亲，她用肩扛着，一颗做母亲的心。

手指上的温度

坐在母亲的小院里晒太阳，冬天的太阳。

母亲的小院落，还是从前的模样。几十年了，无数个季节花开花落，星月流转，它却坚定地守在这里，等着我回来晒太阳。

母亲把炒好的南瓜子捧出来给我嗑。夏天的时候，母亲的小院里，还有门前屋后，总会开满艳艳的黄花，是南瓜的花。不多久，就看到很有些壮观的场面：大大小小的南瓜，睡在绿的叶间，像胖娃娃。母亲吃不掉那些南瓜，母亲栽种它们的目的，是为了取里面的籽。把那些籽洗净，晒干，炒熟，就是香味四溢的瓜子儿。母亲知道她的孩子喜欢吃。

母亲的脚步声在院门外响起，胳膊肘里挎着篾篮，篾篮里是碧绿的青菜，很蓬勃。母亲不知打哪儿学到一句很时髦的话，笑眯眯地对我说:"这是绿色食品。"父亲跟在后面进来,也说:"这是绿色食品,一点农药都没打过的。"母亲回头,佯怒道:"怎么我跑到哪儿你跟到哪儿,跟猫儿似的?"

父亲对我告状,说母亲老是欺负他。母亲不甘落后,也抢着告状,说父亲欺负她了。我问怎么个欺负法的,两个人就傻笑,说不出个所以然来,只嘟囔着说,反正欺负了。

我心突的一紧,想起小时候,受了冷落,总是以这样的方式来引起父母的注意,到母亲面前告状,说姐姐欺负我了。母亲就会抱抱我,亲亲我。母亲的温度,通过手指传给我,我小小的心,很安静很温暖。

阳光绵软如絮。恍惚中,从前的那个小女孩长大了,而我的父母却小了,愿望只剩下那么一点点:只想不被我们遗忘掉。

眼睛触到父亲的白发,母亲的皱纹,突然无话。记起回来时,曾在包里塞进一条烟,是带给父亲的。虽说吸烟有害健康,是我极力反对的,但父亲没别的嗜好,就爱吸两口。我所能做的,也就是顺了他的喜好,让他开心。

父亲得了香烟很得意,跑到母亲跟前炫耀,他晃着那条烟馋母亲,说:"丫头带给我的。"其神态,像意外得了宝贝的孩子。

母亲不乐意了,跑过来,对我摊开双手说:"我也要。"我觉得好笑，我说你又不抽烟，要烟做什么，低头到包里翻找，我找出一盒巧克力，是单位同事结婚时发的喜糖，我随手放在包里面了。我把巧克力拿出来给母亲，母亲惊喜非常，把那盒包装精美的巧克力托在掌上，看了又看，然后举到父亲跟前，欢天喜地地说："看，丫头还是最宝贝我，送我的东西比送你的好看。"

午饭过后，我回城。半路上，到包里掏纸巾擦手，手触到一个纸盒，掏出来，竟是我给母亲的那盒巧克力。不知何时，母亲又把它悄悄塞回到我的包里面，上面的包装都未曾动过。

原来，母亲所索要的，不过是我手指上的温度。

左手月饼，右手莲藕

　　儿子不喜欢吃月饼，从他会吃饭起，一应的食品，五彩纷呈，哪里有月饼的位置？跟他讲我小时对月饼的向往，好不容易诱他吃一口，他无比艰难地咀嚼，而后一句："妈妈，这月饼真难吃。"我望着精心选购的月饼，有草莓馅的，有桂花馅的，有肉松馅的……个个都精致得很，家人却不爱。其实——我也不爱吃了。

　　小时的记忆，却刀削斧凿般的。渴盼月饼的心，到了中秋，就成了一只振翅飞翔的鸟，满世界飞扬着。再穷的人家，也要买几只月饼应应节的。月饼摊在桌上的一张牛皮纸上，金黄的，层层起酥，上面点缀着五仁和桂花。一二三四五，六七八九十，我们把这个数字数了又数，希望多出一两只来。但是没有，每年都是这么多，六只月饼送外婆，四只月饼留给我们兄妹几个尝。

母亲把送外婆的月饼，也是数了又数，然后用牛皮纸包好。牛皮纸外面，渗出诱人的油来，香得馋人。我们守在一边，巴巴地等着母亲一声令下："给外婆送去。"这简直是天籁啊，我们争先恐后提着母亲包好的月饼，还有几节莲藕，一溜烟向外婆家跑去。

这其中的好处，我们兄妹几个都心知肚明的，虽然母亲在身后追着叫："不要吃外婆的月饼啊。"嘴里答应着："哦。"心里想的却是，外婆哪会吃月饼呢，外婆说她不喜欢吃的。

矮矮的外婆，每次接了月饼，都笑眯眯挨个摸我们的头，然后闻闻月饼，给我们一人一只。我们起初佯装不肯要，但小手早已伸出去了，可爱的月饼，就躺到了我们的掌上，泛着好看的光泽。哪里能抵挡得了它的甜蜜？轻轻咬一口，再咬一口，满嘴生甜。吃得小心而奢侈。吃完，外婆再三叮嘱我们："不要告诉妈妈呀，就说外婆全收下了！"我们齐齐答应："好。"那一刻，我们爱极了矮矮的外婆。

但还是被母亲知道了，因为我们嘴上有消不去的月饼的味道。母亲说："又吃外婆的月饼了？"我们吓得不敢吭声。母亲就摇头："外婆老了，你们以后的日子还长着呢，会有好多的月饼吃啊！"

这话让我记了很多年，有些事情可以等待，有些则不可以，譬如月饼。我现在可以大把大把地买，而我的外婆，却永远吃不到了。

成家以后，我也给母亲送月饼，在中秋的时候。母亲或许也不爱吃月饼了，但当我左手月饼、右手莲藕归家的时候，我的母亲会开心得像个孩子，她屋里屋外转悠着，手忙脚乱地给我们张罗吃的，神情里飘荡着快乐，像我当年渴盼月饼时一样。想普天下的母亲，一生的付出，等待的，不过是这一刻的回报，儿女还把她记在心上。记得，对于一个母亲来说，就是大幸福了。

远方的远

男人患了肝癌，晚期。行将就木。

守在一边的小女儿，六岁，对死亡懵懵懂懂。她害怕地问男人："爸爸，你要死了吗？"

男人伸手抚了抚小女儿的脸，笑着摇摇头："不，爸爸是要到很远很远的地方去。"

"很远很远的地方在哪儿？"小女儿问。

男人让朋友把他和小女儿带到野外，那里，有一片原野，和低矮的山坡。春天了，草长莺飞，阳光的羽毛，轻轻飘落。一条长满小草和开满野花的小路，弯弯曲曲伸向远方。一群又一群的小粉蝶，在花草间嬉戏。远方，天与山齐。男人指着远方告诉小女儿："那里，是远方的远，爸爸要到那儿去。爸爸的爸爸，也就是你爷爷，一个人在那儿寂寞了，想爸爸了，所以，爸爸决定去看他。等你长大了，爸爸想你了，你也会走这么远，去看爸爸的。"

"那我就坐飞机去。"小女儿说。想了想，她又说，"要不，我坐飞船去。飞船快吧爸爸？"

男人笑了，男人说："飞船很快很快。可是宝宝，你坐上飞船，你就看不到这些漂亮的小花了。还是慢慢走过去好，你一边走，还可以一边和蝴蝶们玩呀。"

小女儿觉得这个主意不错，她甚至想好，要做个大花环带给爸爸。"只是，你会认出我吗？"小女儿不放心地问。

男人说："到那时，我就问路过的风儿，你们见过我的小女儿吗？我就问路边的小花，你们见过我的小女儿吗？它们会问我，你小女儿长什么样儿呀？我就说，哦，我小女儿有大大的眼睛，小小的嘴，长得像个小公主。她戴着一个美丽的花环，她总是甜甜地笑着，笑起来可漂亮啦。于是风儿和小花都会争着告诉我，呀，我们见过的呀。它们把我带到你身边，一指你，说，就是她呀。我就认出是你了。"

小女儿开心地笑了。

男人接着说："所以，爸爸走后，宝宝要快乐哦，要笑。不然，那些风儿，那些花儿，会不认得你。"

小女儿点头答应了，很认真地和男人勾了勾小指头。

不久，男人去了。小女儿很思念他，她在纸上画了一幅画：无边的原野，低矮的山坡，弯弯的小路。路边，开着一朵一朵小花，花瓣儿像极了微笑的眼睛，一路笑向天边去了。小女儿不悲伤，她知道，那里，就是远方的远，是爸爸在的地方。有一天，他们会在那里相聚，到那时，她一定要告诉爸爸，她一直一直过得很快乐。

没有哪个孩子，不是做娘的疼大的

　　凌晨了，她蒙眬地打了个盹：一片水雾茫茫，她置身在一叶小舟上。小舟漂啊漂啊，她正不知所措，突然听到一声哭喊，妈妈——水雾茫茫中，她依稀看见儿子小小的影，在岸边若隐若现。她大叫，停下，我要回去！小舟却不肯停，继续往茫茫深处漂去。她急了，努力挣脱一个人的牵拉，扑通跳下水去……惊醒时，浑身大汗。四周静谧。房间里有轻微的声响，是花朵绽开的声音吧。桌上一盆水仙，终于开了花。

　　她顾不得去欢喜，赶紧查看睡在身边的儿子。一个晚上，他一直哭闹着。三岁不到的小人儿，还不能准确表达自己的所需所求，只是哭着。每一声都似尖刀，在她心上深深划过。她猜测，是饿了？是肚子疼？是受了惊吓？要么，感冒了？一晚上，她和他，两个大人围着一个小人转，手忙脚乱。吃的玩的堆了一床，扮狗扮猫扮猪扮羊逗儿子乐，好不容易哄睡了儿子。他也沉沉睡去。她却不敢深睡，一直半倚着床，守着儿子。

儿子的小脸，在粉红的灯光下，尤显娇嫩，吹弹即破。她忍不住俯下身去，轻轻吻了吻。这个小人儿，无论将来是好是歹，都是她的心头肉啊，为他上刀山下火海，她都是愿意的吧？是的，她愿意。

儿子的呼吸，还算均匀。只是鼻音有些重，仿佛那里有什么堵塞着，呼吸变得吃劲，拉风箱似的。每拉一下，都像拉在她心上。她真想变成一只小虫子，或者，随便什么细微的东西，轻轻钻进儿子的鼻子里，帮儿子把那可恶的堵塞呼吸的东西，给清理了。她摸儿子的小手掌心，小脚掌心，细细分辨着儿子的体温。她再把自己的眼睛，覆在儿子的额上。她听人说过，眼睛对温度最为敏感。她明显感到眼睛灼热。她担心的事，终于成了现实——儿子在发烧。

下午，他带儿子出去玩，买了小风车，让儿子举着，迎着风跑。儿子玩得满头大汗。她当时就隐隐觉得不安，儿子会着凉的。为这，她还跟他小吵了一架，怪他的粗心。他嘴硬，说，我们的儿子没这么娇嫩吧，这点来去都经不住，长大后哪能成为男子汉！

她恼怒地推醒他，低声说，你看，都怪你，儿子在发烧。

他一惊，立即翻身坐起，也用手来试儿子的额头。果然，烫。慌了。

他看她，怎么办？室外，是黑沉沉的天。也冷。下半夜了，天上寥落的星星，都冻得疲惫了，光线幽暗。两人商量着，要不要去医院。她担心地说，到医院不是打针就是吃药的，药的副作用很大，会伤害儿子的。

要不，等天亮了再说吧，他说。

两个人，再无睡意，守着一盏灯，守着儿子，眼巴巴等天亮。夜真是长，长得她恨不得伸手去拽。客厅的钟声，滴滴答答，此时听来，格外响，听得人心烦意乱。他们间或相互看一眼，眼神里，更多的是焦虑。她想起刚刚做的那个梦，一片水雾茫茫中，儿子在哭叫。那么孤单幼小的人儿，怎么可以？她不由得抱紧儿子，在心里一个劲对儿子道歉，宝宝，是妈妈不好，妈妈再也不会离开你了。

凌晨两点半，儿子醒了，又哭闹起来，手脚乱蹬，想把盖在身上的棉被蹬掉。她抱着儿子哄。儿子说，我要喝奶。她赶紧让他去冲牛奶。牛奶冲好，儿子又不肯喝了，说，我要吃苹果。她赶紧叫他去削。苹果刚削好，儿子又改变主意了，说要起床，要去玩碰碰车。

一番折腾后，儿子累了，眼睛渐渐合上。眼皮却一跳一跳的，间或还发出抽泣声，鼻音更重了些。她用手去试儿子的温度，还是烫。她的心，疼得要命。暗自祈祷：我的宝贝，你千万不要有事。

他在一边感叹，养个小孩真不容易啊，我小时多病，真不知我妈是怎么把我带大的。她听他说过，他三岁时得肺炎，五岁时出天花，六岁时患痢疾，上呕下泻一个多星期，差点没把小命丢了。

她的心，波涛汹涌起来。婆婆的样子，在眼前浮现：三间低矮的瓦房前，又胖又黑的婆婆，大着嗓门，唤鸡唤狗。用抹布擦洗好的碗筷，上面沾着油污。剁碎的肥肉放在饭里煮。她皱眉，这也能吃？还有更难忍受的，婆婆竟在她的床单下垫稻草，说是软和。她在乡下待了一天，就逃也似的回了城。跟他约法三章，将来我们有了小孩，坚决不要你妈来带。她从心底排斥这样的婆婆，穷，且愚昧。他们在城里的家，婆婆仅到过一次，在她生下宝宝的时候。她不给婆婆好脸色，婆婆仅待了两天，待不住了，最终回了乡下。

他说，要不，给我妈打个电话问问，她会很多的土法子的？她看看窗外，窗外一片黑。她没有吱声，算作默许了。

电话里，婆婆的嗓门依然大，一惊一乍地问，儿啊，出什么事了？当得知是宝宝发烧了，婆婆笑了，婆婆说，儿啊，别担心，你小时三天两头发烧的，我用葱姜抹抹就好了。

焦虑的心，这才退潮一般的，渐渐平稳下来。天明前，她竟睡着了。

她没想到婆婆会来。

早晨七点刚过，婆婆风尘仆仆地站在他们家门口，脚边倚着鼓囊囊的一个蛇皮袋。婆婆说，一接到你们的电话，我立马去央了人送我来。

三百多里的路程，不算短。她不知道晕车晕得厉害的婆婆，是如何辗转到达他们家的。婆婆先去看了孩子，笑眉笑眼对他们说，宝宝烧得不厉害，我弄点葱姜和酒，去去他的热就没事了。

果真的，儿子没事了。下午起床，又活蹦乱跳的。婆婆把蛇皮袋里的葱和生姜拣出来，手把手教她，怎么捣碎，怎么给孩子抹筋。婆婆说，没有哪个孩子，不是做娘的千辛万苦疼大的啊。

她在这一句上愣住。婆婆矮矮胖胖的身子，蹲在地板上择菜，像一座安稳厚重的山峦。她轻轻走上前去，从后面抱住了婆婆，她叫，妈。第一次与婆婆这么亲昵，有点别扭，有点羞涩。她想，以后会好些的。

遇见：平凡生活中的美

我想得更多的是，那些低到尘埃里的美好，它们无处不在。怜悯是对它们的亵渎，而敬畏和感恩，才是对它们最好的礼赞。

小欢喜

喜欢这样一种状态：太阳很好地照着，我在走，行人在走，微笑，我们对面相见不相识，心里却萌生出浅浅的欢喜，就像相遇一棵树、相逢一朵花。

路边的热闹，一日一日不间断。上午八九点的时候，主妇们买菜回家了，她们蹲在家门口择菜，隔着一条巷道，与对面人家拉家常。阳光在巷道的水泥地上跳跃，小鱼一样的。我仿佛闻到饭菜的香，这样凡尘的幸福，不遥远。

也总要路过一个翠竹园。是街边辟开的一块地，里面栽了数竿竹，盖了两间小亭子，放了几张石凳石椅，便成了园。我很爱那些竹，它们的叶子，总是饱满地绿着，生机勃勃，冬也不败。某日晚上路过，我透过竹叶的缝隙，看到一个亮透了的月亮，像一枚晶莹的果子，挂在竹枝上。天空澄清。那样的画面，经久在我的脑海里，每当我想起时，总要笑上一笑。

还是这个小园子，不知从哪天起，它成了周围老人们的天下。老人们早也聚在那里，晚也聚在那里，吹拉弹唱，声音洪亮。他们在唱京剧。风吹，丝竹飘摇，衬了老人们的身影，鹤发童颜，我常常看痴了。京剧我不喜欢听，我吃不消它的拖拉和铿锵。但老人们的唱我却是喜欢的，我喜欢看他们兴高采烈的样子，那是最好的生活态度。等我老了，我也要学他们，天天放声歌唱，我不唱京剧，我唱越剧。

路走久了，路边的一些陌生便成熟悉。譬如，拐角处那个卖报的女人，我下班的时候，会问她买一份报，看看当天的新闻。五月，她身旁的石榴树，全开了花，一盏盏小红灯笼似的，点缀在绿叶间，分外妖娆。我说，你瞧，这些花都是你的呀。她扭头看一眼，笑了。再遇见我，她会主动跟我打招呼，送上暖人的笑。有时我们也会聊几句，我甚至知道了，她有一个女儿，在读高中，成绩不错。

还有一家花店，开在离我单位不远的地方。花店的主人，居然是个男人，看起来五大三粗的。男人原是一家机械厂的职工，机械厂倒闭后，男人失了业。因从小喜欢花草，他先是在碗里种花，阳台上长一排，有太阳花，有非洲菊，有三叶草。花开时节，他家的阳台上，成了花海。左邻右舍看见，喜欢得不得了，都来问他讨要。

男人后来干脆开了一家花店，买了一些奇奇怪怪的小花盆，专门长花草。那些小花盆里长出的花草，都一副喜眉喜眼的样子，可爱得很。看他弯腰侍弄花草，总让人心里生出柔软来。我路过，有时会拐进去，问他买上一盆两盆花，偶尔也会买上几枝百合回家插。他每次都额外送我几枝满天星，说，花草可以让人安宁。真想不到这样的话，是他说出来的。一时惊异，继而低头笑，我是犯了以貌取人的错了。我捧花在手，小小的欢喜，盈满怀。

也在路边捡过富贵竹。是新开张的一家店，门口祝福的花篮儿，摆了一圈。翌日，繁华散去，主人把那些花篮，随便弃在路边。我看见几枝富贵竹，夹杂在里头，蔫头蔫脑的，完全失了生机。我捡起它们，带回家，找一个玻璃瓶插进去。不过半天工夫，它们的枝叶，已吸足水分，全都精神抖擞起来。

再隔几日，那几枝富贵竹，竟冒出根须来。隔了一层玻璃看，那些根须，很像银色的小鱼。我把它们放在我的电脑旁，无论我什么时候看它们，它们都是绿莹莹的。这捡来的一捧绿，让我心里充满感动和快乐。

曾经我想过一个问题：这凡尘到底有什么可留恋的？原来，都是这些小欢喜啊。它们在我的生命里，唱着歌，跳着舞。活着，也就成了一件特别让人不舍的事情。

低到尘埃的美好

一

家附近，住着一群民工，四川人，瘦小的个头。他们分散在城市的各个角落，搞建筑的有，搞装潢的有，修车修鞋搞搬运的也有。一律的男人，生活单调而辛苦。天黑的时候，他们陆续归来，吃完简单的晚饭，就在小区里转悠。看见谁家小孩，他们会停下来，傻笑着看——他们想自家的孩子了。

就有孩子来了，起先一个，后来两个、三个……那些黑瘦的孩子，睁着晶亮的大眼睛，被他们的民工父亲牵着手，小心地打量着这座城。但孩子到底是孩子，他们很快打消不安，在小区的巷道里，如小马驹似的奔跑起来，快乐地。

一日，我去小区商店买东西，在商店门口发现了那群孩子。他们挤在小店门口，一个孩子掌上摊着硬币，他们很认真地在数，一块，两块，三块……

我以为他们贪嘴，想买零食吃呢，笑笑走开了。等我买好东西出来时，看见他们正围着卖女孩子头花的摊儿，热闹地吵着："要红的，要红的，红的好看！"他们把买来的红头花，递到他们中的女孩子手里。又吵嚷着去买贴画，那是男孩子们玩的，贴在衣上，或是墙上。他们争相比较着哪张贴画好看，人人手里，都多了一份满足。

再见到他们在小巷里奔跑，女孩子们黄而稀少的发上，一律盛开着两朵花，艳艳地晃了人的眼。男孩子们的胸前，则都贴着贴画。他们像群追风的猫，抛洒着一路的快乐。

二

去一家专卖店，看中一条纱巾。浅粉的，缀满流苏，无限温柔。爱不释手，要买。店主抱歉地说，这条不卖，是留给一个人的。便好奇，她买得，我为什么买不得？你可以让她去挑别的嘛。

店主笑，给我讲了一个故事。故事的主人公，是个女人，女人先天性眼盲。家里境况又不好，她历尽一些人生的酸苦，成了盲人按摩师。女人特别喜欢纱巾，一年四季都系着，搭配着不同的衣服。

也是巧合了，女人那日来她的店，只轻轻一抚这条纱巾，竟脱口说出它的颜色，浅粉的呀。这让店主大为诧异。她当时没带钱，走时一再关照店主，一定要给她留着。

我最终都没见到那个女人。但我想，走在大街上，她应该是最美的那一个。有这样的美在，人世间还有什么样的艰难困苦不能逾越的？

三

朋友去内蒙古大草原。

九月末的大草原，已一片冬的景象，草枯叶黄。零落的蒙古包，孤零零在路边。朋友的脑中，原先一直盘旋着"天苍苍，野茫茫，风吹草低见牛羊"的苍茫壮阔，直到面对，他才知，生活，远远不是想象里的诗情画意。

主人好客，热情地把他请进蒙古包中。扑鼻的是呛人的羊膻味，一口大锅里，热气正蒸腾，是白水煮羊肉。怕冷的苍蝇，都聚集到室内来，满蒙古包里乱窜。室内陈设简陋，唯一有点现代气息的，是一台十四英寸电视，很陈旧的样子。看不出实际年龄的老夫妻，红黑的脸上，是谦和的笑，不住地给他让座。坐？哪里坐？黑不溜秋的毡毯，就在脚边上。朋友尴尬地笑，实在是落座也难。心底的怜悯，滔滔江水似的，一漫一大片。

却在回眸的刹那，眼睛被一抹红艳艳牵住。屋角边，一件说不出是什么的物什上，插着一束花。居然是束康乃馨，花朵朵朵绽放，艳红艳红的。朋友诧异，这茫茫无际的大草原，这满眼的枯黄衰败之中，哪里来的康乃馨？

主人夫妻笑得淡然而满足，说，孩子送的。孩子在外读大学呢，我们过生日，他们让邮递员送了花来。

那一瞬间，朋友的灵魂受到极大震撼，朋友联想到幸福这个词，朋友说，幸福哪里有什么标准？原来，每个人有每个人的幸福。

我在朋友的故事里微笑着沉默，我想得更多的是，那些低到尘埃里的美好，它们无处不在。怜悯是对它们的亵渎，而敬畏和感恩，才是对它们最好的礼赞。

跟着一朵阳光走

那日，我正收拾书桌，突然看到一朵阳光，爬到我的书上。一朵小花似的，喜眉喜眼地开着。又像一只小白猫，蹑手蹑脚着。

我晃晃书页，它便轻轻动了动，一歪头，跳到桌旁的一盆水仙上。在水仙的脸上，调皮地抹上一层薄粉。后来，它跳到窗台上。跳到门前的一棵树上。树光秃秃的，冬天还没真正过去，这朵阳光却不介意，它在赤条条的树枝上蹦蹦跳跳。它知道，用不了多久，那里会重新长出叶来。那时，春天也就来了。

我的脚步不由自主地跟过去，我要跟着一朵阳光走。

阳光跑到屋旁的一堆碎砖上。碎砖是一户人家装修房子留下来的，被大家当作了晒台。有时上面晾着拖把。有时上面晒着鞋子。隔壁的陈奶奶把洗净的雪里蕻，晾在上面，说是要腌咸菜。她半是骄傲半是幸福地说，她在省城里的儿媳妇，特别爱吃她腌的咸菜。

阳光在砖堆上留下了它的热、它的暖。它又跳到一小片菜地上。小菜地瘦瘦长长的，挨着一条小径。原先是块荒地，里面胡乱长些杂草，夏天蚊虫多，走过的人都速速走开，漠然着。后来，不知谁把它整出来，这个在里面栽点葱，那个在里面种点菜。还有人在里面栽了一株海棠。阳光晴好的天，海棠花艳艳地开了，一朵一朵，红宝石似的，望过去特别漂亮。大家有事没事，爱凑到这儿，看看葱，看看菜，赏赏花，彼此说些闲话。

谁也不曾留意，阳光已悄悄地，跳到了人的心里面。

现在，这朵阳光继续着它的行程。它走到一片绿化带上。绿化带上有树，有草，也有花。草枯了，花谢了，然而不要紧的，它会唤醒它们。我似乎听到它的耳语：生命还会重来，美好就在前面等着。

人是怀抱着希望在这个世上行走的，植物们何尝不是？

树是栾树，叶掉了，枝上留着一撮一撮干枯了的果。我伸手够一串，剥开，里面黑黑的珠子跳出来，和这朵阳光热烈拥抱。我想起有关栾树的记载，说是寺庙多有栽种，用它们的果粒来串佛珠。

尘世万物，本就存了佛心的。

一只小鸟，在路边的草地里跳跃。它的嘴巴尖尖的、长长的，一身斑斓的毛。奇的是，它的头上，长了两只小小的角。我不识这是什么鸟，这无关它的欢喜安乐。它的头，灵活地东转西转、东张西望，仿佛初来乍到，对周遭的一切好奇极了。

这朵阳光，跳到小鸟的脚边。小鸟一定感觉到了，它低下头去啄食，一上一下，一上一下，怎么啄也啄不完。天空高远，草地温暖。

我微笑起来，干脆在路边坐下来，看小鸟，看阳光。阳光照强大也照弱小，阳光善待每一个生命。我们要做的，唯有不辜负，不辜负这朵阳光，不辜负这场生命。

一个人的歌谣

喜欢阳光的天。

钻石一样的阳光，在人家房屋顶上闪亮，在一些树枝上闪亮，在楼前的道路上闪亮。来来往往的行人头上、身上，便都镶着阳光的钻石，无论贫富，无论贵贱。阳光善待每一个生命。

做桂花糕的老人，又推出了他的小摊子，在路边现做现卖。硬纸板上，简陋的几个字当招牌：宫廷桂花糕。我买一块，味道真的很好，绵软而香甜。暗地想，是哪朝哪代宫廷制作此糕的秘方，流落到民间来的？会不会从诗经年代就有了呢？如此一想，我的舌尖上，就有了千古绵延的味道。

楼下人家的花被子，在阳光下晒太阳。陪同花被子一起晒太阳的，还有两双棉拖鞋。一双红，一双蓝。这是一对夫妻的。女人在街头摆摊卖水果，男人是个货车司机。我遇见过两次，路灯下，他们伴着一拖车的水果，回家。男人在前面拉，女人在后面推。晚风吹。

这是俗世，烟火凡尘，男人的，女人的。爱着，生活着。每遇见这些景象，我的心里，都会蹦出欢喜来。我会发痴地想上一想，几千年前，也是这样的晴空丽日么，也有这样俗世的一群吧。

那时候，野地里植物妖娆，卷耳、谖草、薇、苤苢、唐、蔓……每一种植物，都有一个可亲的温暖的名字。天空无边无际。大地无边无际。草木森森，野兽飞鸟自由出没。人呢？人也是一株植物，饱满葱茏，随性而长。

男人们多半强壮，他们打猎。他们垂钓。他们大碗喝酒，击缶而歌。艳遇遍地，不期然的，就能遇到一个木槿花一样的女子。他们爱得辗转反侧，心底里，欢唱着一支又一支快乐的歌谣，都在说着爱。

女人们则有着小麦一样的肤色，丰满而美好。她们采桑采唐采薇，亲近着每一株植物，把它们当作心中的神。她们放牧着牛羊，在山坡上唱歌跳舞。她们采葛采绿，织染衣裳。她们在梅树下，大胆地呼唤着她们的爱情："求我庶士，迨其谓之。"她们守候在约会的河畔，望穿秋水，跺着脚发着狠："子不我思，岂无他人？"

真喜欢她们的歌谣啊，率真、野性，是未染杂尘的璞玉。她们用它，在俗世里，谈情说爱，聊解忧愁。

我常不可遏止地陷入冥想，我就是她们中的一个。是去水边采荇菜的女子，有着绿色的手臂、绿色的腰肢。是在隰地采桑的女子，布衣荆钗，远远望见那人来了，耳热心跳的。是在沟边采葛的女子，一日不见，如隔三秋，相思无限长。是把家里的鸡鸭牛羊养得壮壮的女子，守着门楣，洗手做羹汤，只盼良人能早归……

我还能做什么好呢？这些日常的琐碎啊，即使换了朝改了代，那琐碎也还在的。它们如同血液，渗入生命里，和着生命一起奔流。就像我窗外这凡俗着的一群。千百年了，人类从来不曾走远过，还在俗世里活着、爱着，唱着他们自己的歌谣。

我能做的，唯有倾听。

风会记得一朵花的香

一

没事的时候，我喜欢伏在三楼的阳台上，往下看。

那儿，几间平房，坐西朝东，原先是某家单位做仓库用的。房很旧了，屋顶有几处破败得很，像一件破棉袄，露出里面的絮。"絮"是褐色的木片子，下雨的天，我总担心它会不会漏雨。

房子周围长了五棵紫薇。花开时节，我留意过，一树花白，两树花红，两树花紫。把几间平房，衬得水粉水粉的。常有一只野鹦鹉，在花树间跳来跳去，变换着嗓音唱歌。

房前，码着一堆的砖，不知做什么用的。砖堆上，很少有空落落的时候，上面或晒着鞋，或晾着衣物什么的。最常见的，是两双绒拖鞋，一双蓝，一双红，它们相偎在砖堆上，孵太阳。像夫，与妇。

也真的是一对夫妇住着，男的是一家公司的门卫，女的是街道清洁工。他们早出晚归，从未与我照过面，但我听见过他们的说话声，在夜晚，唧唧的，像虫鸣。我从夜晚的阳台上望下去，望见屋子里的灯光，和在灯光里走动的两个人影。世界美好得让人心里长出水草来。

某天，我突然发现砖堆上空着，不见了蓝的拖鞋红的拖鞋，砖堆一下子变得异常冷清与寂寥。他们外出了，还是生病了？我有些心神不宁。

重"见"他们，是在几天后的午后。我在阳台上晾衣裳，随意往楼下看了看，看到砖堆上，赫然躺着一蓝一红两双绒拖鞋，在太阳下，相偎着，仿佛它们从来不曾离开过。那一刻，我的心里腾出欢喜来：感谢天！他们还都好好地在着。

二

做宫廷桂花糕的老人，天天停在一条路边。他的背后，是一堵废弃的围墙，但这不妨碍桂花糕的香。他跟前的铁皮箱子上，叠放着五六个小蒸笼，什么时候见着，都有袅袅的香雾，在上面缠着绕着，那是蒸熟的桂花糕好闻的味道。

老人瘦小，永远一身藏青的衣，藏青的围裙。雪白的米粉，被他装进一个小小的木器具里，上面点缀桂花三两点，放进蒸笼里，不过眨眼间，一块桂花糕就成了。

停在他那儿，买了几块尝。热乎乎的甜，软乎乎的香，忍不住夸他，你做的桂花糕，真的很好吃。他笑得十分开心，他说，他做桂花糕，已好些年了。

我问，祖上就做么？

他答，祖上就做的。

我提出要跟他学做，他一口答应，好。

于是我笑，他笑，都不当真。却喜欢这样的对话，轻松，愉快，人与人，不疏离。

再路过，我会冲着他的桂花糕摊子笑笑，他有时会看见，有时正忙，看不见。看见了，也只当我是陌生人，回我一个浅浅的笑——来往顾客太多，他不记得我了。但我知道，我已忘不掉桂花糕的香，许多小城人，也都忘不掉。

现在，每每看到老人在那里，心里便很安然。像小时去亲戚家，拐过一个巷道，望见麻子师傅的烧饼炉，心就开始雀跃，哦，他在呢，他在呢。

麻子师傅的烧饼炉，是当年老街的一个标志。它和老街一起，成为一代人的记忆。

<h1 style="text-align:center">三</h1>

卖杂粮饼的女人，每到黄昏时，会把摊子摆到我们学校门口。两块钱的杂粮饼，现在涨到三块了，味道很好，有时我也会去买上一个。

时间久了，我们相熟了。遇到时，会微笑、点头，算作打招呼。偶尔，也有简短的对话，她知道我是老师，会问一句，老师，下课了？我答应一声，问她，冷吗？她笑着回我，不冷。

我们的交往，也仅仅限于此。淡淡的，像路边随便相遇到的一段寻常。

我出去开笔会，一走半个多月。回来后，正常上班，下班，没觉得有什么不同。

女人的摊子，还摆在学校门口，上面撑起一个大雨篷，挡风的。学生们还未放学，女人便闲着，双手插在红围裙兜里，在看街景。当看到我时，女人的眼里跳出惊喜来，女人说，老师，好长时间没看到你了。

当下愣住，一个人的存在，到底对谁很重要？这世上，总有一些人记得你，就像风会记得一朵花的香。凡来尘往，莫不如此。

老人与花

老人种了一些花，在屋角后。

老人的屋后，是一条东西横亘的小径，小区里的人，出出进进，都从那里过。

老式小区，居住简陋。小径两旁，多的是搁空的地方，少有人管理，任由杂草什么的自由生长，这儿牵一串野葛藤，那儿趴一堆儿婆婆纳。唯有老人的屋后，四季明艳，色彩缤纷。

我每从那儿走过，眼光都会不由自主落到那些花上面。月季是天天见着的，花朵儿硕大丰腴，一株橘红，一株明黄。还有一株，乳白色的，花瓣儿如凝脂。饱食终日的模样，日日好风光。四五月份，老人的屋后，是鸢尾花的天下，蝴蝶一样的鸢尾花，扑着紫色的翅膀，在人的心中，扇动一圈一圈的温柔。到了七八月份，指甲花和太阳花，你追我赶地盛开了，占尽颜色。

现在呢？秋渐凉，树上的叶，随着晚来的风，一片一片落。懒婆娘花和一串红，却正当花样年华。它们不分彼此地缠绵在一起，粉红配大红。最是傍晚时分，懒婆娘花精神焕发地登场了，叭叭叭，一朵一朵粉色的花朵，吹吹打打，热闹无限。你站定在它旁边，仿佛就听到它的欢笑，叮叮当当。还有什么不愉快的事，值得牵肠挂肚的？你最好向一朵花学习，快乐地绽放是最重要的，其他的，都可以忽略不计。空气中，溢满懒婆娘花的香，一串红的甜，秋凉的黄昏，亲切起来，温馨起来。

这个时候，老人必在。老人衣着整洁，头上灰白的发，抿得纹丝不乱。他在那些花跟前，弯下腰去，一朵一朵细细查看，眉眼里，盛着笑意。他很满意这些花如此欢欢地开，而花们，因了他的注目，更显明艳。夕阳的尾巴，拉得长长的，在老人身上，在花们身上，印下一道一道金色光芒。自然是有感知的，懂得感恩，无论是一株草，还是一朵花，你施予它关爱的恩泽，它回报你的，必是倾尽全力的蓬勃。

路过的人，会停下脚步看一会花，微笑着和老人打招呼：

"陈爹，赏花呐？"

"嗯，来看看，它们开得多好啊！"

"是陈爹你照料得好啊。"

"呵呵。"

"呵呵。"

人的声音远去了，老人还待在那些花旁边。直到夜色四合，花与暮色，融为一体。

某天，我被懒婆娘花牵了去，用手机给它们拍照。老人突然站在我身后，老人问："好看吧？"我答："嗯，好看。"老人说："知道它叫什么名字吗？"我说："懒婆娘花呗。"老人笑了："它可一点不懒，它还有个名字呢，叫胭脂花。"被这个名字惊艳，再定睛细看，可不是么，一朵一朵粉色花朵，像胭脂涂腮旁。老人得意，背了双手，围着花转。他孩子般的明净，动人心魄。

一日，突然听人谈起这个老人，原是个退休老师，老伴早去，唯一的儿子，也在前年，病死。而他自己，因患眼疾，失明已近十年了。

一把紫砂壶

他姓陈，教我们高中语文。教我们的时候，他已六十开外了。

他身体硬朗，唱起京剧来，中气十足。别人问他，陈老师啊，你身体怎么这么好啊？他便呵呵笑着，指一指手里握着的紫砂壶说，全是喝茶喝的啊。然后呷上一口茶，很有滋味地用嘴呷着，半眯起眼睛，吟出一句诗来：玄谈兼藻思，绿茗代榴花。

听过他的紫砂壶的故事。某年某月某天，他偶然路过一片废墟，废墟上有人正在瓦砾之中捡拾什么。他的眼睛忽然亮了，他看到那人从瓦砾之中拣出一把紫砂壶来。那人对手里的紫砂壶并不感兴趣，举在手上犹疑地望着。他走过去，掏出身上仅有的五块钱，要买下紫砂壶。那人大喜过望，忙不迭地把紫砂壶给了他。

有人曾开玩笑问过他，陈老师，您这把紫砂壶是不是真古董？

他笑而不答，低下头望手里的紫砂壶，一脸慈祥，像看一个极疼爱的孩子。

没见他离开过紫砂壶，即便上课，他也把它带进教室来。课讲到精彩处，他会捧起茶壶，呷上一口茶。眼睛半眯着，冲我们笑一笑，接着讲课。讲得诗意流淌，妙趣横生，听得我们一愣一愣的，仿佛他吐出的每个字里，都带了茶香。

同学之间，偶有纷争，"官司"打到他那儿。他不批评这个，也不批评那个，慢慢喝着茶，听我们说。等我们说完了，他问，完了？我们回，是。他再喝一口茶，半眯着眼睛笑，说，说完了就去好好念书罢。我们不知所措地愣了一愣，所有的气，一瞬间全消了，转身走开。他突然叫住我，指指手中的紫砂壶对我说，小丫头，记住，有容乃大。然后不管我明没明白，挥挥手让我去读书。

总是见着他笑眯眯的样子，只一次，看到他落泪，眼泪在镜片后，化成一片疼痛的雾。那是我们班一个女生，突发脑溢血走了，他听到这个消息时，正在上课，当时就站在讲台前哭了。那节语文课后来没上，他让我们写作文，悼念那个女同学。我们都写得很动情。作文本子交上去后，他一本一本看，看得极慢，不时摘下眼镜擦眼泪。

那一日，他在办公室待了很久很久，一直待到夜里。我们下晚自修回宿舍，从办公室门口过，看到他的影，和紫砂壶一起，在灯光下静穆着。我们的心，刹那间溢满疼痛。那一刻，我们仿佛都长大了，懂得了什么叫活着，什么叫珍惜。

住在自己的美好里

一只鸟，蹲在楼后的杉树上，我在水池边洗碗的时候，听见它在唱歌。我在洗衣间洗衣的时候，听见它在唱歌。我泡了一杯茶，捧在手上恍惚的时候，听见它在唱歌。它唱得欢快极了，一会儿变换一种腔调，长曲更短曲。我问他："什么鸟呢？"他探头窗外，看一眼说："野鹦鹉吧。"

春天，杉树的绿来得晚，其他植物早已绿得蓬勃，叶在风中招惹得春风醉。杉树们还是一副大睡未醒的样子，沉在自己的梦境里，光秃秃的枝丫上，春光了无痕。这只鸟才不管这些呢，它自管自地蹲在杉树上，把日子唱得一派明媚。偶有过路的鸟雀来，花喜鹊，或是小麻雀，它们都是耐不住寂寞的，叽叽喳喳一番，就又飞到更热闹的地方去了。唯独它，仿佛负了某项使命似的，守着这些杉树，不停地唱啊唱，一定要把杉树唤醒。

那些杉树，都有五六层楼房高，主干笔直地指向天空。据说当年栽下它们的，是一个学校的校长，他领了一批孩子来，把树苗一棵一棵栽下去。一年又一年，春去春又回，杉树长高了，长粗了。校长却老了，走了。这里的建筑拆掉一批，又重建一批，竟没有人碰过它们，它们完好无损地，甚或是无忧无虑地生长着。

我走过那些杉树旁，会想一想那个校长的样子。我没见过他，连照片也没有。我在心里勾画着我想象中的形象：清瘦，矍铄，戴金边眼镜，文质彬彬。过去的文人，大抵这个模样。我在碧蓝的天空下笑，在鸟的欢叫声中笑，一些人走远了，却把气息留下来，你自觉也好，不自觉也好，你会处处感觉到他的存在。

鸟从这棵杉树上，跳到那棵杉树上。楼后有老妇人，一边洗着一个咸菜坛子，一边仰了脸冲树顶说话："你叫什么叫呀，乐什么呢！"鸟不理她，继续它的欢唱。老妇人再仰头看一会儿，独自笑了。飒飒秋风里，我曾看见她在一架扁豆花下读书，书摊在膝上，她读得很吃力，用手指着书，一字一字往前挪，念念有声。那样的画面，安宁、静谧。夕阳无限好。

某天，突然听她的邻居在我耳边私语，说那个老妇人神经有些不正常。"不信，你走近了瞧，她的书，十有八九是倒着拿的，她根本不识字。不过，她死掉的老头子，以前倒是很有学问的。"

听了，有些惊诧。再走过她时，我仔细看她，却看不出半点感伤。她衣着整洁，头发已灰白，却像个小姑娘似的，梳成两只小辫，活泼地耷在肩上。她抬头冲我笑一笑，继续埋头做她的事，看书，或在空地上打理一些花草。

我蹲下去看她的花。一排的鸢尾花，开得像紫蝴蝶舞蹁跹。而在那一大丛鸢尾花下，我惊奇地发现了一种小野花，不过米粒大小。它们安静地盛放着，粉蓝粉蓝的，模样动人。我想起不知在哪儿看到的一句话：你知道它时，它开着花，你不知道它时，它依然开着花。是的是的，它住在自己的美好里。亦如那只鸟，亦如那个老妇人，亦如这个尘世中，我所不知道的那些默默无闻的生命。

有美一朵，向晚生香

朋友说，她家小院里的桃花开了。她是当作喜讯告诉我的。"来看看？"她相邀。

自然去。每年的春天，我都是要追着桃花看的。春天的主角，离不了它。所谓桃红柳绿，桃花是放在第一位的。

桃花勾人魂。它总是一朵一朵，静悄悄地，慢条斯理地开，内敛，含蓄。虽不曾浓墨重彩地吸人眼球，却偏叫人难忘。是小家碧玉，真正的优雅与风情，在骨子里。

看桃花，总不由自主地想起一首写桃花的诗："去年今日此门中，人面桃花相映红。人面不知何处去，桃花依旧笑春风。"诗人崔护，在春风里，丢了魂。邂逅的背景，真是旖旎：草长莺飞，桃花烂漫，山间小屋，独门独户。桃花只一树吧？够了。一树的桃花，嫩红水粉，映衬着小屋。天地纯洁。诗人偶路过，先是被一树桃花牵住了脚步，而后被桃花下的人，牵住了心。

姑娘正当年呢。山野人家，素面朝天，却自有水粉的容颜、水粉的心。她从花树下走过，一步一款款。他看得眼睛发直，疑是仙子下凡来。四目相对的刹那，心中突然波澜汹涌，是郎情妾意了。三月的桃花开在眼里，三月的人，刻在心上。从此，再难相忘。翌年之后，他回头来寻，却不见当日那人，只有一树桃花，在春风里，兀自喜笑颜开。

这才真叫人惆怅。现实最让人无法消受的，莫过于如此的物是人非。

年轻时，总有几场这样的相遇吧。那年，离大学校园十来里路的地方，有桃园。春天一到，仿若云霞落下来。一宿舍的女生相约着去看桃花，车未停稳，人已扑向花海，倚着一树一树的桃花，笑得千娇百媚。猛抬头，却看到一人，远远站着，盯着我看。年轻的额头上，落满花瓣的影子。我的血管突然发紧，心跳如鼓，假装追另一树桃花看，笑着跳开去。转角处，却又相遇。他到底拦住了我问："你是哪个学校哪个班的？"我低眉笑回："不知道。"三月的桃花迷了眼。

以为会有后续的。回学校后，天天黄昏，跑去校门口的收发室，盼着有那人的信来，思绪千回百转。等到桃花落尽，那人也没有来。来年再去看桃花，陡然生出难过的感觉。

还是那样的年纪，去亲戚家度假。傍晚时分，在一条河边徜徉。河边多树、多草、多野花，夕照的金粉，洒了一地。隔河，也有一青年，在那里徜徉。手上有时握一本书，有时持一钓竿，却没看见他垂钓。

一日，隔了岸，他冲我招手，"嗨。"我也冲他招手，"嗨。"仅仅这样。

后来，我回了老家。再去亲戚家，河还在，多树，多草，多野花，夕照的金粉，洒了一地。却不见了那个青年。

还是感谢那些相遇，在我生命的底色上，抹上一朵粉红，于向晚的风里，微微生香。青春回头，不觉空。

真想，在桃花底下，再邂逅一个人，再恋爱一回。朋友说："你这样想，说明你已经老了。"

"是吗？"笑。岁月原是经不起想的，想着想着，也真的老了。年轻时的事，变成花间一壶酒，温一温唇，湿一湿心，这人生，也就过来了。

流年：光阴的故事

虫鸣在四周此起彼伏地响着，南瓜花儿在夜里静静地开放。月亮升起来了，盈盈而照，温柔若水。恍惚间，月下有个小女孩，手执蒲扇，追着流萤。依稀的，都是儿时的光景。

春风暖

春风是什么时候吹起来的？说不清。某天早晨，出门，迎面风来，少了冰凉，多了暖意。那风，似温柔的手掌，带了体温，抚在脸上，软软的。抚得人的心，很痒，恨不得生出藤蔓来，向着远方，蔓延开去，长叶，开花。

春风来了。

春风暖。一切的生命，都被春风抚得微醺。人家院墙上，安睡了一冬的枝枝条条，开始醒过来，身上爬满米粒般的绿。是蔷薇。那些绿，见风长，春风再一吹，全都饱满起来。用不了多久，就是满墙的绿意婆娑。

路边树上的鸟，多。啁啾出一派的明媚。自从严禁打鸟，城里来了不少鸟，麻雀自不必说，成群结队的。我还看见一只野鹦鹉，站在绿茸茸的枝头，朝着春风，昂着它小小的脑袋，一会儿变换一种腔调，唱歌。自鸣得意得不行。

卖花的出来了，拖着一拖车的"春天"。红的，白的，紫的，晃花人的眼。是瓜叶菊。是杜鹃。是三叶草。路人围过去，挑挑拣拣。很快，一人手里一盆"春天"，欢欢喜喜。

也见一个男人，弯了腰，认认真真地在挑花。挑了一盆红的，再挑一盆紫的，放到他的车篓里。刚性里，多了许多温柔，惹人喜欢。想他，该是个重情重义的人吧，对家人好，对朋友好，对这个世界好。

桥头，那些挑夫——我曾在寒风中看到他们，瑟缩着身子，脸上挂着愁苦，等着顾客前来。他们身旁放一副担子，还有铁锹等工具，专门帮人家挑黄沙、挑水泥，或者，清理垃圾。这会儿，他们都敞着怀，歇在桥头，一任春风往怀里钻，脸上笑眯眯的。他们身后，一排柳，翠绿。

看到柳，我想起那句著名的诗句："不知细叶谁裁出，二月春风似剪刀。"把春风比喻成剪刀，极形象。但我却以为，太犀利了，明晃晃的一把剪刀，"咔嚓"一下，什么就断了。与春风的温柔与体贴，离得太远。

还是喜欢那句，"春风又绿江南岸"。这里面，用了一个"绿"字，仿佛带了颜色的手掌，抚到哪里，哪里就绿了。《诗经》中有《采绿》

篇章:"终朝采绿,不盈一掬。"说的是盼夫不归的女子,在春风里,心不在焉地采着一种叫绿的植物,采了半天,还握不到一把。我感兴趣的是,那种植物,它居然叫绿。春风一吹,花就开了,花色深绿。这种植物的汁液,可做染料。我想,若是春风也做染料,它的主打色,应该是绿吧。

而在乡下,春风更像一个聪慧的丹青高手,泼墨挥毫,大气磅礴。一笔下去,麦子绿了。再一笔下去,菜花黄了。成波成浪。

我的父亲母亲呢?春风里,他们脱下笨笨的棉袄,换上轻便的衣裳。他们走过一片麦田,走过一片菜花地,衣袖上,沾着麦子的绿、菜花的黄。他们不看菜花,他们不认为菜花有什么看头,因为,他们日日与它相见,早已融入彼此的生命里,浑然大化。他们额上沁出细密的汗珠,他们说,天气暖起来了,该丢棉花种子了。春播秋收,是他们一生中,为之奋斗不懈的事。

从春天出发

　　风，暖起来了。云，轻起来了。雨也变得轻盈，像温柔的小手指，抚到哪里，哪里就绿了。草色遥看近却无的。奇妙就在这里，你追着一片绿去，那些毛茸茸的绿，多像雏鸡身上的毛啊。可是，等你到了近前，突然发现，它不见了。你一抬眼，却又看见它在远处绿着，一堆儿一堆儿的，冲着你挤眉弄眼。春天的绿，原是个调皮的小伙伴，在跟你捉迷藏呢。而你知道，春天，真的来了。

　　那么，我们出发吧，从春天出发。

　　先去问候一下河边的柳，"碧玉妆成一树高，万条垂下绿丝绦"。真的是这样啊，你需微仰了头，看它们在春风里蹁跹。毫无疑问，柳是春天最美的使者，它一抬胳膊，燕子飞来了。它一扭腰肢，光秃秃的枝条上，就爬满翠色的希望。采下一枝柳吧，装进我们的行囊，在春天，我们学会收藏希望。

去问候一些花儿。桃花、梨花、菜花，次第开放。它们偷了春天的颜料，把自己打扮得鲜艳明丽。粉红，莹白，鹅黄，晃花人们的眼。河边的小野花们，也不让春天，它们在春风里，争相撑开了笑脸，星星点点。它们没有桃花的艳，没有梨花的白，没有菜花的恢宏，可是，它们也一样开出生命的美丽。万紫千红总是春呢，它们一样是春的主人。摘下一朵小野花吧，装进我们的行囊，在春天，我们学会收藏美丽。

去问候一些小生灵。蜜蜂、蝴蝶、蟋蟀、蚂蚱……一个冬天过去了，它们过得好吗？侧耳倾听，我们会听到它们拨动泥土的声音，它们就要出来了，带着它们的歌声。那好，就让我们静静坐一会儿吧，坐在小河边。坐在山坡旁。或者，就坐在一棵树下，等待着那些歌声响起，那些来自大自然的声音，多么美妙、纯洁。那是天籁之音。用心记下那些旋律吧，放进我们的行囊，在春天，我们学会收藏歌声。

去问候飘荡的春风。"惟春风最相惜，殷勤更向手中吹。"其实，它何止是吹在手中？它是吹在心里面。于是，草绿了，花开了。人的脸上，荡起微笑。严冬终于过去了，沉睡的生命，在春风里苏醒，欣欣向荣。请与春风相握吧，在春天，让我们学会感恩与珍惜。

去问候一些种子。葵花、玉米、棉花……那些香香的种子，它们的身体里，积蓄着阳光和梦想。泥土的怀抱，已变得湿润酥软。它们迫不及待地扑进泥土里，那里，很快会生长出一片葳蕤。而到了夏秋，会有果实累累的喜悦。

只有在春天种下梦想，才能在夏秋收获。那么，让我们学会播种吧，在春天，跟着一粒种子一起成长。

梨花风起正清明

祖母走后，祖父对家门口的两棵梨树，特别地上心起来。有事没事，他爱绕着它们转，给它们松土、剪枝、施肥、捉虫子，对着它们喃喃说话。

这两棵梨树，一棵结苹果梨，又甜又脆，水分极多。一棵结木梨，口感稍逊一些，得等长熟了才能吃。我们总是等不到熟，就偷偷摘下来吃，吃得满嘴都是渣渣，不喜，全扔了。被祖母用笤帚追着打。败家子啊，糟蹋啊，响雷要打头的啊！祖母跺着小脚骂。

我打小就熟悉这两棵梨树。它们生长在那里，从来不曾挪过窝。那年，我家老房子要推倒重建，父亲想挖掉它们，祖母没让，说要给我们留口吃的。结果，两棵梨树还是两棵梨树，只是越长越高、越长越粗了。中学毕业时，我约同学去我家玩，是这么叮嘱他们的，我家就是门口长着两棵梨树的那一家啊。两棵梨树俨然成了我家的象征。

我家穷，但两棵梨树，很为我们赚回一些自尊。不消说果实成熟时，逗引得村里孩子，没日没夜地围着它们转，单单是清明脚下，它们一头一身的洁白，如瑶池仙子落凡尘，就足够吸人眼球。我们玩耍，掐菜花，掐桃花，掐蚕豆花，掐荠菜花，却从来不掐梨花。梨花白得太圣洁了，真正是"雪作肌肤玉作容"的，连小孩也懂得敬畏。只是语气里，却有着霸道，我家还有梨花。——我家的！多骄傲。

祖母会坐在一树的梨花下，叠纸钱。那是要烧给婆老太的。她一边叠纸钱，一边仰头看向梨树，嘴里念叨，今年又开这许多的花，该结不少梨了，你婆老太可有得吃了。婆老太是在我五岁那年过世的。过世前，她要吃梨，父亲跑遍了整条老街，也没找到梨。后来，我家屋前就多出两棵梨树来，是祖母用一只银镯换回栽下的。每年，梨子成熟时，祖母都挑树上最好的梨，给婆老太供上。我们再馋，也不去动婆老太的梨。

我有个头疼脑热的，祖母会拿三根筷子放水碗里站，嘴里念念有词。等筷子在水碗里终于站起来，祖母会很开心地说，没事了，是你婆老太疼你，摸了你一下。然后，就给婆老太叠些纸钱烧去。

说来也怪，隔日，我准又活蹦乱跳了。

那时，对另一个世界，我是深信不疑的。觉得婆老太就在那个世界活着，缝补浆洗，一如生前。有空了，她会跑来看看我，摸摸我的头。这么想着，并不害怕。特别是梨花风起，清明上坟，更是当作欢喜事来做的。坟在菜花地里，被一波一波的菜花托着。天空明朗，风送花香。我们兄妹几个，应付式地在坟前磕两个头，就跑开去了，嬉戏打闹着，扎了风筝，在田埂上放。那风筝，也不过是块破塑料纸罢了，被纳鞋绳牵着，飘飘摇摇上了天。我们仰头望去，那破塑料纸，竟也美得如大鸟。

祖母走后，换成祖父坐在一树的梨花下叠纸钱。祖父手脚不利索了，他一边慢慢叠着，一边仰头望向梨树，说，今年又开这许多的花，该结不少梨了，你奶奶肯定会欢喜的。语气酷似祖母生前。

我怔一怔，坐他身边，轻轻拍拍他的手背。我清楚地知道，有种消失，我无能为力。祖父突然又说，你奶奶托梦给我，她在那边打纸牌，输了，缺钱呢。我听得惊异，因为夜里我也做了同样的梦，梦见祖母笑嘻嘻地说，我每天都打纸牌玩呀。我信，亲人之间，定有种神秘通道相连着，只是我们惘然无知。

祖母走后三年，祖父也跟着去了。他们在梨花风起时，合葬到一起。他们躺在故土的怀抱中，再不分离。

盛夏的果实

　　乡村的盛夏，有着最为饱满的繁华，花开得欢，瓜果结得实。那些瓜果不是一只只，而是一篮篮，是必须用篮子装的。每家地里，都牵着绕着无数的藤蔓，上面挂满瓜果，丝瓜，黄瓜，香瓜，扁豆……哪里能数得清？

　　我回乡下看父母，住在父母的老房子里。房前是一排一排的玉米，我望着玉米笑，想起小时偷集体地里玉米棒的事来。那时，提着篮子在玉米地里割猪草，割着割着，趁人不注意，掰下一颗嫩玉米棒，就往怀里藏。像胖胖的小熊，自以为没人看见。其实，大人们都知道，这孩子怀里藏着什么。他们只笑笑，不说。他们宽容着我这点私密的拥有和快乐。等回到家，我立即迫不及待把玉米棒放到灶膛里，烤。灶膛的火，映红一张兴奋的小脸。一会儿之后，玉米的香味就四溢开来，那香味真浓烈啊，会香一整个晚上。现在城里的饭店里，有用嫩玉米粒做菜的，和着虾仁炒，油水淹着，是乡下女子化浓妆，失了她的本真。我还是喜欢烤着吃或煮着吃，一咬一大口，香味隽永。

院子里的梨树，是我上大学那年栽的，十来年过去了，它依然长势良好。年年夏天都会挂很多的梨，树枝因此笑弯了腰。我坐在窗前望它们，心里有甜蜜的汁液流过。这是很好的时光，我和一树的梨对望。一排风吹过来，吹过去，风中满是草的香味瓜果的香味——青翠的味道。我以为，乡村的味道，是染了颜色的，是黄黄的香，绿绿的香。

黄的是花，是大片大片丝瓜花、黄瓜花，还有南瓜花，趴在小院的院墙上。南瓜小时是吃怕了的，上顿下顿都是它。它比其他农作物好长，一粒种子种下去，就会长出一大蓬来，牵牵绕绕中，大朵大朵的南瓜花开了。不几日，花谢，南瓜打苞了，这个时候，它们像野地里的孩子，见风长，不出半月，就长成一个一个的胖娃娃，淘气地卧在叶中间。现在城里人的饭桌上，南瓜被当作宝贝，切成一片一片的，放了糖蒸，用雕花的白瓷盘装着，特别诱人食欲。

母亲问，记得不，那个捧着大南瓜笑着的丫头？我的思绪轻轻绕了个弯，隔着遥遥的岁月望过去，有淡淡的哀痛浮上来。当年那个小丫头，和我同桌，十岁，有一张圆圆的脸。那年，她家里南瓜丰收，她捧着一只大南瓜，站在风里笑。不久之后，她大病，夜里起床喝凉水，受了风寒，竟死去。

现在，无数个夏天过去了，她永远是十岁的那一个，在记忆深处笑着，灿烂着，捧着一只大南瓜。

这，大概就是永恒了。

我情愿这样想，有些人的诞生，是为了永恒。就像十岁的那个小丫头。我情愿相信天堂之说，觉得好人都去了那里。那里，一定也有大片的南瓜花开，在盛夏，也有瓜果成篮地装。

我们只不过隔了一段距离，在各自的世界里安好。

采一把艾蒿回家

出城，去采艾蒿。带了儿子。城郊有一片小河，水已见底，里面长满艾蒿。

"彼采艾兮，如三岁兮。"这是《诗经》里的艾蒿，是情深意长的牵念。其中的男人女人短别离，不过一日不见，竟如同隔了三年。爱，从来都是魂牵梦萦的一桩事。而我更感兴趣的是，那双采艾的手，如何落在艾蒿上。他（她）采了做什么的？遥远的风俗，让我忍不住要做种种臆想。

街上也有艾蒿卖，和芦苇叶一道。用稻草胡乱扎着，一束束，插在塑料桶里。这种植物，叶与茎的颜色雷同，淡绿中，泛白，泛灰。这样的色彩，不耀眼，很低调。是乡村女儿，淡淡妆，浅浅笑。闻起来微苦，一股中药味。村人们又把它叫作——苦艾。也只在远远的乡村，也只在荒僻的沟渠里生长。平时大抵少有人想到它，只在这个叫端午的日子里，它突然被记起。大人们会吩咐孩子，去，采几把苦艾回来。

那个时候，乡村的乐事里，采艾蒿，也算得上一个吧。孩子们得了大人指令，如撒欢的小马驹，一路奔向那沟渠去。吵吵嚷嚷着，节日的喧闹，被我们吵嚷得四处流溢。很快，每人怀里，都有一大捧艾蒿。路上走着，一个个小人儿，身上都散发出一股中药的香味。

门前的木盆里，煮好的芦苇叶，早已泡在清水中。眼睛瞟到，心里的欢乐，就要蹦出胸口来，知道要包粽子吃了。大人们这时若指使我们去做什么，我们都会脆脆地应一声，好。跑得比兔子还快。至于插艾蒿，那完全不用大人们动手的，门上，柜子上，蚊帐里，到处都被我们插满了。一屋的艾蒿味，微苦。大人们说，避邪。我们虽对这风俗习惯一知半解，但知道，插上艾蒿，就代表过端午了。于是很欢喜。

朋友是湖北人，也是写作的，曾与我在一次笔会上相遇。后来，她去了美国。她的家乡，过端午也有插艾蒿的习俗，她也曾于小小年纪里，去采过艾蒿。端午前夕，我收到她发来的邮件，她说，国内这个时候，又该粽子飘香了吧。并不想粽子，美国一些华人超市里有卖。却想艾蒿，想坐在艾蒿里吃粽子的童年，温和的中药味，把人包裹得很结实很温暖。

这就对了，故乡隔得再远，有些味道，注定是忘不掉的。

我的儿子，他第一次认识了艾蒿，他觉得奇怪，他捧着一捧艾蒿问我，为什么过端午要插艾蒿呢？我这样回答他，这是祖上流传下来的风俗。——避邪呢，我补充。口气酷似当年我的母亲。想，若干年后，我的儿子的记忆里，一定也有艾蒿，以及带他采艾蒿的那个人。

小扇轻摇的时光

  暑假了，母亲一直盼望我能回乡下住几天，她知道我打小就喜欢吃一些瓜呀果的，所以每年都少不了要在地里多种一些。待我放暑假的时候，那些瓜呀果的正当时，一个个碧润可爱地在地里躺着，专等我回家吃。

  天气热，我赖在空调房里怕出来，故回家的行程被一拖再拖。眼看暑假已过半了，我还没有回家的意思。母亲首先沉不住气了，打来电话说："你再不回来，那些瓜果都要熟得烂掉了。"

  再没有赖下去的理由了。于是，带了儿子，冒着大太阳，坐了几个小时的车，回到了生我养我的小村庄。

  村里的人都是看着我长大的，看见我了，亲切得如同自家的孩子，远远地就笑着递过话来："梅又回来看妈妈啦？"我笑着应："是呢。"走老远，听他们在背后说："这孩子孝顺，一点不忘本。"心里面霎时涌满羞愧，我其实什么也没做呀，只是偶尔把自己送回来给日夜想念我的母亲看一看，就被村人们夸成孝顺了。

母亲知道我回来了，早早地把瓜摘下来，放在井水里凉着。是我最爱吃的梨瓜和香瓜。又把家里唯一的一台大电扇，搬到我儿子身边，给我儿子吹。

我很贪婪地捧了瓜就啃。母亲在一旁心满意足地看着，说："田里面结得多呢，你多待些日子，保证你天天有瓜吃。"我笑一笑，有些口是心非地说："好。"儿子却在一旁大叫起来："不行不行，外婆，你家太热了。"

母亲就诧异地问："有大电扇吹着还热？"

儿子不屑了，说："大电扇算什么，我家有空调。你看你家，连卫生间都没有呢。"

我立即用严厉的眼神制止了儿子，对母亲笑笑，"妈，别听他的，有电扇吹着不热的。"

母亲没再说什么，走进厨房，去给我们忙好吃的去了。

晚饭后，母亲把那台大电扇搬到我房内，有些内疚地说："让你们热着了，明天你就带孩子回去吧，别让孩子在这里热坏了。"

我笑笑，执意要坐到外面纳凉。母亲先是一愣，继而惊喜不已，忙不迭地搬了躺椅到外面。我仰面躺下，对着天空，手上执一把母亲递过来的蒲扇，慢慢摇。虫鸣在四周此起彼伏地响着，南瓜花儿在夜里静静地开放。月亮升起来了，盈盈而照，温柔若水。恍惚间，月下有个小女孩，手执蒲扇，追着流萤。依稀的，都是儿时的光景。

母亲在一旁开心地有一句没一句地说着，重重复复的，都是走过的旧时光。母亲在那些旧时光里沉醉。

月光潋滟，我的心放松，似水中柔柔的一根水草，迷糊着就要睡过去了。母亲的话突然在耳边响起，"冬英你还记得不，就是那个跟男人打赌，一顿吃下二十个包子的冬英？"

当然记得，那个粗眉大眼的女人，干起活来，大男人也及不上她。

"她死了。"母亲语调忧伤地说，"早上还好好的呢，还吃两大碗粥呢。准备到田里除草的，人还没走到田里呢，突然倒下就没气了。"

"人呀。"母亲叹一声。"人呀。"我也叹一声。心里面突然惊醒，这样小扇轻摇，与母亲相守的时光，一生中还能有几回呢？暗地里打算好了，明日，是决计不会回去的了，我要在这儿多住几日，好好握住这小扇轻摇的时光。

秋　夜

满满的月光，带着露珠的沁凉，扑到我的窗前，我才发现，秋了。

秋天的月光，不一样的。如果说夏天的月光是活泼的、透明的，秋天的月光，则是丰腴的、成熟的，千帆过尽，无限风情。它招引得我，想到秋夜底下去。

对那人说："去外面走走？"

他几乎没有一刻的犹豫，应道："好，我陪你。"

门在身后，轻轻扣上。一前一后的脚步声，相互应和，沙沙，沙沙，我的，他的。黑夜里看不见我们的笑，但我们在笑，是两个顽皮的孩童，趁着大人们不注意，偷偷溜到他们视野之外去，心里面有窃喜。

小区睡了。夜是宁静的，更是干净的。空气里，流动着的是夜的体香，树木的、花的、草的，还有露珠的。白天的尘埃不见了，白天的喧闹不见了，白天的芜杂不见了，连一扇铁门上的难看的疤痕，也不见了。每家每户的窗前，都悬着夜色，像上好的绸缎。一切的坚硬，在此刻，都露出它柔软的内核，快乐的，不快乐的，统统入梦吧。

再也没有比夜更博大的胸怀了，它可以容下你的得意，也可以收留你的失意；它可以容下你的欢笑，也可以收留你的忧伤。夜不会伤害你。

花朵是潮湿的，比白天要水灵得多。弯腰，辨认，这是月季吧？这是一串红吧？这个呢，是不是波斯菊？打碗花是一下子就认出来的，因为它们开得实在太热烈，一蓬一蓬的。尽管夜色迷蒙，还是望得见它们一张张小脸，憋得通红地开着。它们拼尽全身力气，努力绽放出自己最美的容颜，呈给夜看。是等待君王宠幸的妃子么？一豆灯下，临窗梳妆，对镜贴花黄。而一旦白天降临，它们的花朵，全都闭合起来，一夜怒放，不留痕迹。

真是，真是，怎么傻得只在夜里开呢？嘴里面嘀咕着，心里却在为它鼓掌，都说女为悦己者容，花也是啊。它只开给夜色看，那是它的宿命，更是它的执着。

"坐一会儿吧。"我们几乎同时说。偌大的草地边，随便找一处石凳，我坐这头，他坐那头。

石凳沁凉如玉。风从四面八方吹过来，薄凉的，带了露珠的甜蜜。草的香味，这个时候纯粹起来，醇厚起来，铺天盖地，把人淹没。虫鸣声叫得细细切切，唧唧私语般的。树木站成一些剪影，月光动一下，它们就跟着动一下。

初秋的天空，星星们稀了，可是，仍然很亮。想起遥远的一句话："天上一颗星，地上一个人。"那时还小吧，当流星划过天空，小小的心里，会一阵惊颤：是谁走了？

谁呢？身边的亲人，都在，我摸摸这个，碰碰那个，很不放心。母亲不知我的心，母亲轻轻打我的手，问："丫头，傻乎乎想做什么？"

我是在那个时候就有了恐惧的，恐惧失去，我想紧紧抓住，不再松手。而事实上，在随后长大的过程中，我不断面对着失去，无可奈何。先是和我同岁的表哥，十岁那年夏天，下河游泳，溺水而亡；后来，我小学的同桌，一个大眼睛的女孩子，出天花死了；再后来，走的人陆续多了，他们有的是我的少年玩伴，有的是我的中学同学，有的是我的朋友。昨日还笑语喧喧的一个人，今日却阴阳相隔。及至成年后，每次回老家，我都会听到一些不幸的消息，村子里，曾经我相熟的某个人，走了。直到我的外公、外婆、祖母、祖父，相继离去。

我轻轻叹："我生命中的人，一个一个少去了。"

他过来握我的手，他说："我们好好过。"

笑了。消失是一种必然，也是一种未知，我们无能为力，那就顺其自然吧。可握住的，是当下。当下，我们活着，我们都在，那就好好相待，不浪费每一寸光阴。比如，我们一起来享受这个秋夜的宁静，现世安稳。

"银烛秋光冷画屏，轻罗小扇扑流萤。天阶夜色凉如水，坐看牵牛织女星。"当年宫女的幽怨，留在那年的秋夜。她们终身所求，只不过是一夕相守，却不能够，只能陪着流萤，渐渐老去。我感谢我身边的这个人，他在，他让一个秋夜，充实。

他问："冷吗？"

我答："不冷。"

我们不再说话，夜色温柔地漫过我们，我们也成了夜色中的一分子，成了自然的一分子，像一株草，一朵花，一枚树叶子。安静着，恬淡着。

十　月

十月说来也就来了。

不过几日工夫，天空就像一把巨伞给撑开了似的，高远得很了。明净的蓝，蓝绸缎一样的，抖开来，滑溜溜的，一铺千万里。这时的天空，太像海洋了，稠稠的蓝，厚厚的蓝，纯粹的蓝，深不见底。不多的几丝云，像白菊花细长的花瓣，浮在水面上。

人在十月的天空下走，忽然有种手足无措的感觉。像在骤然间，被谁拽进一间豪华的宴厅。宴厅里，多的是衣香鬓影、美酒金樽。灯光闪耀辉煌，丰盛的菜肴，摆满了桌子。水果成堆，柿子、橘、大枣、石榴、香橙，只只都是饱满欢实的。菱角老得很劲道了，采摘下来，用刀切开，里面全是粉嘟嘟的肉。剥了它，用瓦罐煨鸡，是再好不过的一道美味。

这个时候，大把大把的颜色，渐渐让位于金色。好像之前一个春天的草长莺飞，一个夏天的荷红柳绿，全都是为它做铺垫。你眼中所见到的，是夺目的金、奢华的金、古朴的金。人常用金秋来说十月，真是再妥帖不过了。十月，真的就是金做的呢。

尤其是乡下。

驱车去乡下吧，那里的每一枝稻穗，都是金色的。稻穗们你挤我挨，站满一田，再一田，稻浪翻滚，是一地一地的金子在滚哪。老农站在稻田边，脸上是小有成就的自得之色。他望向稻田的眼神，很像望向一群儿女。哪一棵水稻，不是他一手带大的？彼时彼刻，他的心，是舒坦的、愉悦的。稻穗映得他满头满身，都是金色，他是闪闪发光的一个人。

河边的芦苇，也快变成金的了，从茎到叶，再到花。而茅草整个地柔软起来。一堆儿茅草挤在一起，像极小黄狗身上的毛，泛着金色的温暖。如果你躺上去，做上一个梦，当也是金色的吧。

雪白的棉花，上面也好像敷了一层金粉，越发显得白。那是阳光洒下的。那是风洒下的。

十月的风，已开始带了哨音，吹在身上，薄凉。夜晚在路边亭子里闲坐，露水调皮地溜进来，歇在发上、肩上、膝上，裸露的手臂，有了冰凉之感，必须加件厚外套才行。回家查日历得知，快寒露了。

寒露过后，就是霜降。秋已走到深处。

栾树的果却继续红着。我去一家小超市买盐，出门，被门口一树一树的红，差点惊了个趔趄。它简直红得有些吓人，一颗颗，心一样的，抱成一团，燃烧起来，从树上，一直燃烧到地上。满地落红！却不让人感伤，只觉得美，美到极致！去日无多，它似乎紧着这最后时光，疯狂一把。它当懂得，华丽丽转身，远好过颓败萧索，更让人记挂和念想。

桂花已经爱到不能自已，只管把一颗心也碾碎了，制成蜜饯。香，香透了。拿去吧，你尽管拿去吧。更深露重，天地却因这香，显得情意绵长。怎忍匆匆离去？坐会儿，再坐会儿，在这桂香里低回、浅笑，人生的那些追逐忙乱，都变得无足轻重。

菊花开满头了。

有空就上街去转转吧，不定就能遇到一拖车的菊花。卖花的大多数是老人，瘦，但精神着。花要的不是忽略，而是倾心相爱，人老了，心思变得单纯，与花相伴。

我总会带回一两盆。书房里摆着。夜凉如水，总有花这么开着，总有人这么好着。

看 雪

　　今年的冬天，雪来得勤。三五朋友，得闲了便相邀："赏雪去？"
我说："不，是看雪去。"我以为，"赏"太隆重了，是大观园内，
宝玉和一群贵族小姐们，披了大红猩猩毡与羽毛缎斗篷，聚在雪地
里拥炉作诗，旁边的美女耸肩瓶里，一枝红梅开得艳艳的。这场景，
绮丽得有些过分了，最终落得曲终人散两不见。寻常人，还是看雪
的好，抬眼是看，低头亦是看，路边可看，桥头亦可看，随意又自在。

　　曾听过一首与雪有关的曲子，叫《踏雪寻梅》的。邓丽君唱过，
但我还是喜欢听一群孩子合唱的。童稚的声音，晶莹得雪花儿似
的，充满情趣。"雪霁天晴朗／腊梅处处香／骑驴把桥过／铃儿响
叮当／好花采得瓶供养／伴我书声琴韵　共度好时光"，真是一幅
绝妙的雪景图，却又是鲜活的。一场大雪后，天放晴了，积雪在阳

光下,闪着钻石一样的光芒。一人骑驴看雪,何等悠闲。他遇桥而过,桥那边的雪地里,有梅可折。一路的铃铛声,惊醒了睡着的雪了。

刘长卿有首写雪的诗,也入得画的,可用眼久久地看,看出尘世的万般好来。"日暮苍山远,天寒白屋贫。柴门闻犬吠,风雪夜归人。"是空旷的洁净。一场大雪,搓棉扯絮般地飘着,已飘了一整天了,白了苍山白了小屋。小屋的男主人,狩猎去了,他顶着风雪晚归。肩上扛着的长矛上,应该挑着一两只野兔,算是丰收了。他咯吱咯吱踩着积雪,放眼处,都是雪啊,一片白茫茫。却在白茫茫里,远远望见,一豆灯光,如暗夜里的一颗星。那是守候着他的女人,没睡呢。他知道,她会给他端上一碗热热的汤。他的心里,是怎样一暖,脚步不由得加快。

近了,近了,褐色的柴门,在白雪地里,变得显眼极了。还有那卧着的大黄狗,听到主人的脚步声,它老远就欢叫着迎上去。柴门"吱呀"一声开了,屋内的人儿,已站到门口,笑吟吟道:"回来了?"然后接过他的长矛和猎物去,一边帮他拍打着身上的积雪。一个世界的冰寒,被搅动出一团的温馨来。

俗世里,我们本来所求不多,只要这样的一场雪,只要这样一场平凡的相守和温暖。

我想起乡下的母亲,雪落得紧的那会儿,她一定也站在家门口看雪的。家门口长一棵枣树，还是我们小时在家栽的，很有些年纪了。每年秋季都挂枣，枣儿成熟了，母亲会拣大的，留着，等我们回家吃。这时节，枣树的叶应该全落光了，繁密的枝条上，却有千朵万朵雪花开。母亲看的不是这个，母亲看的是不远处的田野，那里，洁白的雪，白糖似的，覆着一些植物，麦子啥的，来年可就大丰收了。瑞雪兆丰年啊。

观察：万物有灵且美

每一棵草都会说话。它说给大地听。说给昆虫听。说给露珠听。说给小鸟听。说给阳光听。喝喝。喝喝。季节的轮转，原是听了草的话。草绿，春来。草枯，冬至。

草木有本心

喜欢一切的花草树木。

我以为，所有的草木，都长着一颗玲珑心，天真无邪，纯洁善良。

没有草木是丑陋的。如同青春少女，不用梳妆打扮，一颦一笑，散发出的都是年轻的气息，清新迷人，无可匹敌。

草木从不化妆。所以花红草绿，都是本色。我们常说亲近自然，其实就是亲近草木。我们噼里啪啦跑过去，看见一棵几百年的老树要惊叫，看见满田的油菜花要惊叫，看见芳草茵茵要惊叫。草木却不惊不乍，活着它们本来的样子。

草木也从不背叛远离。你走，草木不走。你遗忘的，草木都给你记着呢。废弃的断壁残垣上，草在长。游子归家，昔日的村庄已成陌生，他找不到曾经的家了。一转身，却望见从前的那棵老槐树，还长在河畔。还是满树的青绿，树丫上，依旧蹲着一只大大的喜鹊窝。天蓝云白，都是昔日啊。他的泪，在那一刻落下。走远的记忆，都走了回来，他童年的笑声，仿佛还在树下回荡，叮叮当当，叮叮当当。感谢草木！让人的灵魂找到归宿。

每一棵草都会说话。它说给大地听。说给昆虫听。说给露珠听。说给小鸟听。说给阳光听。嘎嘎。嘎嘎。季节的轮转，原是听了草的话。草绿，春来。草枯，冬至。

每一朵花都在微笑。一瓣一瓣，都是它笑的纹，眉睫飞扬。对着一朵花看久了，你会不自觉微笑起来，心中再多的阴霾，也消失殆尽。这世上，还有什么坎不能迈过去呢？笑也是一天，哭也是一天。不如向一朵花学习，日子笑着过。

新扩建的路旁，秋天移来一排的樟树。可能是为了好运输，所有的树，一律给削去了头。看过去，都光秃秃的一截站着，像断臂的人，叫人心疼。春天，那些树干顶上，却冒出一枚一枚的绿来，团团的，像歇着一群翠绿的小鸟，叽叽喳喳，无限生机。

草木的顽强，人学不来。所以，我敬畏一切草木。

出门旅游，异乡的天空下，意外重逢到一片蓝色的小花。那是一种叫婆婆纳的草，在我的故乡最常见。相隔千万里，它居然也来了。天地有多大,草木就走多远。海的胸怀天空的胸怀,都不及草木的胸怀,它把所有有泥土的地方,都当作故乡。

"草木有本心,何求美人折。"是啊,草木不伪不装,自然天成,大美不言。

蔷薇几度花

喜欢那丛蔷薇。

与我的住处隔了三四十米远，在人家的院墙上，趴着。我把它当作大自然赠予我们的花，每每在阳台上站定，目光稍一落下，便可以饱览到它：细长的枝，缠缠绕绕，分不清你我地亲密着。

这个时节，花开了。起先只是不起眼的一两朵，躲在绿叶间，素素妆，淡淡笑。还是被眼尖的我们发现了，我和他几乎一齐欢喜地叫起来："瞧，蔷薇开花了。"

之前，我们也天天看它，话题里，免不了总要说到它。——你看，蔷薇冒芽了。——你看，蔷薇的叶，铺了一墙了。我们欣赏着它的点点滴滴，日子便成了蔷薇的日子，很有希望很有盼头地朝前过着。

也顺带着打量从蔷薇花旁走过的人。有些人走得匆忙，有些人走得从容。有些人只是路过，有些人却是天天来去。想起那首经典的诗："你站在桥上看风景／看风景的人在楼上看你。"这世上，到底谁是谁的风景呢？——你是我的，我也是你的，只不自知。

看久了，有一些人，便成了老相识。譬如那个挑糖担的。

是个老人。老人着靛蓝的衣，瘦小，皮肤黑，像从旧画里走出来的人。他的糖担子，也绝对像幅旧画：担子两头各置一匾子；担头上挂副旧铜锣；老人手持一棒槌，边走边敲，当当，当当当。惹得不少路人循了声音去寻，寻见了，脸上立即浮上笑容来，"呀"一声惊呼："原来是卖灶糖的啊。"

可不是么！匾子里躺着的，正是灶糖。奶黄的，像一个大大的月亮。久远了啊，它是贫穷年代的甜。那时候，挑糖担的货郎，走村串户，诱惑着孩子们的幸福和快乐。只要一听到铜锣响，孩子们立即飞奔进家门，拿了早早备下的破烂儿出来，是些破铜烂铁、废纸旧鞋等，换得掌心一小块的灶糖。伸出舌头，小心舔，那掌上的甜，是一丝-缕把心填满的。

现在，每日午后，老人的糖担儿，都会准时从那丛蔷薇花旁经过。不少人围过去买，男的女的，老的少的，有人买的是记忆，有人买的是稀奇。——这正宗的手工灶糖，少见了。

便养成了习惯，午饭后，我必跑到阳台上去站着，一半为的是看蔷薇，一半为的是等老人的铜锣敲响。当当，当当当——好，来了！等待终于落了地。有时，我也会飞奔下楼，循着他的铜锣声追去，买上五块钱的灶糖，回来慢慢吃。

跟他聊天。"老头。"——我这样叫他，他不生气，呵呵笑。"你不要跑那么快，我们追都追不上了。"我跑过那丛蔷薇花，立定在他的糖担前，有些气喘吁吁地说。老人不紧不慢地回我："别处，也有人在等着买呢。"

祖上就是做灶糖的。这样的营生，他从十四岁做起，一做就做了五十多年。天生的残疾，断指，两只手加起来，只有四根半指头。却因灶糖成了亲，他的女人，就是因喜吃他做的灶糖，而嫁给他的。他们有个女儿，女儿不做灶糖，女儿做裁缝，女儿出嫁了。

"这灶糖啊，就快没了。"老人说，语气里倒不见得有多愁苦。

"以前怎么没见过你呢？"

"以前我在别处卖的。"

"哦，那是甜了别处的人了。"我这样一说，老人呵呵笑起来，他敲下两块灶糖给我。奶黄的月亮，缺了口。他又敲着铜锣往前去，当当，当当当。敲得人的心，蔷薇花朵般地，开了。

一日，我带了相机去拍蔷薇花。老人的糖担儿，刚好晃晃悠悠地过来了，我要求道："和这些花儿合个影吧。"老人一愣，笑着看我，说："长这么大，除了拍身份照，还真没拍过照片呢。"他就那么挑着糖担子，站着，他的身后，满墙的花骨朵儿在欢笑。我拍好照，给他看相机屏幕上的他和蔷薇花。他看一眼，笑。复举起手上的棒槌，当当，当当当，这样敲着，慢慢走远了。我和一墙头的蔷薇花，目送着他。我想起南朝柳恽的《咏蔷薇》来："不摇香已乱，无风花自飞。"诗里的蔷薇花，我自轻盈我自香，随性自然，不奢望，不强求。人生最好的状态，也当如此吧。

槐花深一寸

　　槐花开的时候，我抽了空去看。人生的旅途说长也长，说短也短，我们能相遇到的花期也有限，我不想错过每一场花开。

　　槐花也属乡野之花。它比桃花、梨花更与人亲，那是因为它心怀甜蜜。花开时节，空气中密布它的香甜，让你不容忽视。于是乡下孩子的乐事里，就有这么一件——爬上树去摘槐花。那也是极盛大的场景，树上开着槐花，地上掉着槐花，小孩的脖子上、肩上落着槐花，口袋里，还塞着一串串白。随便摘取一朵，放嘴里品哂，甜啊，糖一样的甜。巧妇会做槐花饼、槐花糖。吃得人打嘴不丢。家里养的羊，那些日子也有了嘴福，把槐花当正餐吃的。

　　我来赏的这树槐花，在小城的河边。小城新辟了沿河观光带，这棵槐，被当作一景从他处移植过来。其他树种众多，独独它，只一棵。《周礼·秋官》中记载：周代宫廷外种有三棵槐树，三公朝见天子时，分别站在那三棵槐树下。周代的槐，有崇敬的意思在里面。槐又通"怀"，是怀想与守望。我瞎想，我们小城移来这棵槐树，是把它当作镇城之树的吧。

傍晚时分，光的影，渐渐散去。黑暗是渐渐加深的，及至一树的白，也没在黑里头。天便完全黑下来了。这时候，赏花变得纯粹，周遭的黑暗做了底子，槐花的白，跳跃出来，是黑布上绣白花。

仰头望向那树白，心莫名被一种情绪填得满满的。说不清那情绪到底是什么。那一刻，时间停顿，风不吹，云不走，仿佛什么都想了，什么都没有想。这是人生的态度，我更愿意把它理解为本能，是由不得你的。

微笑。想起那首出名的山西民歌《我望槐花几时开》。歌里唱："高高山上一树槐／手把栏杆望郎来／娘问女儿你望啥子／我望槐花几时开……"盼郎来的女儿家，心焦焦却偏不承认，偏把相思推给无辜的槐花："哎呀呀，槐花槐花，你咋还没有开？"这里的槐花，浸染上人间情思，惹人爱怜。

一对老夫妻，晚饭后出来散步。他们唠嗑的声音，隐约传来，如虫子在鸣唱。他们走过我身边，奇怪地看看我，并没有停下他们的脚步。却在离我有一段距离后，一个问："人家在看什么呢？"一个答："看槐花呗。"一个说："哦，槐花开了呀。"一个笑答："是啊，开了。"他们的声音，渐渐融入夜色里，融入槐花的甜里去，直至无痕。

我喜欢这样的一问一答，不落空，相依为命。我愿意，老了时，也有这样一个人陪在我身边，听我说一些可有可无的话，然后一一应答。这是最凡俗的，而又是最接近幸福的。

风吹，有花落下来。我捡一串攥手心里，清凉的感觉，在掌中弥漫。白居易写槐花："薄暮宅门前，槐花深一寸。"我以为这是花落景象。古人尚不知花可吃，或者，知可吃而不吃，是为惜花。他们任由槐花自开自落，一径落下去，在地上铺了足有一寸深的白。真是奢侈了那一方土地，埋了那么多香甜的魂。

满架秋风扁豆花

说不清是从哪天起，我回家，都要从一架扁豆花下过。

扁豆栽在一户人家的院墙边。它们缠缠绕绕地长，你中有我，我中有你。顺了院墙，爬。顺了院墙边的树，爬。顺了树枝，爬。又爬到半空中的电线上去了。电线连着路南和路北的人家，一条人行甬道的上空，就这样被扁豆们，很是诗意地搭了一个绿篷子，上有花朵，一小撮一小撮地开着。

秋渐深，别的花且开且落，扁豆花却且落且开。紫色的小花瓣，像蝶翅。无数的蝶翅，在秋风里舞蹁跹。欢天喜地。

花落，结荚，扁豆成形。五岁的侄儿，说出的话最是生动，他说那是绿月亮。看着，还真像，是一弯一弯镶了紫色边的绿月亮。我走过时，稍稍抬一抬手，就会够着路旁的那些绿月亮。想着若把它切碎了，

135

清炒一下，和着大米饭蒸，清香会浸到每粒大米的骨头里。——这是我小时的记忆。乡村人家不把它当稀奇，煮饭时，想起扁豆来，跑出屋子，在屋前的草垛旁，或是院墙边，随便捋上一把，洗净，搁饭锅里蒸着。饭熟，扁豆也熟了。用大碗装了，放点盐，放点味精，再拌点蒜泥，滴两滴香油，那味道，只一个字，香。打嘴也不丢。

这里的扁豆，却无人采摘，一任它挂着。扁豆的主人大概是把它当风景看的。于扁豆，是福了，它可以不受打扰地自然生长，花开花落。

也终于见到扁豆的主人，一个整洁干练的老妇人。下午四点钟左右的光景，太阳跑到楼那边去了，她家小院前，留一片阴。扁豆花却明媚着，天空也明媚着。她坐在院前的扁豆花旁，膝上摊一本书，她用手指点着书，一行一行读，朗朗有声。我看一眼扁豆花，看一眼她，觉得她们是浑然一体的。

此后常见到老妇人，都是那个姿势，在扁豆花旁，认真地读一页书。视力不好了，她读得极慢。人生至此，终于可以停泊在一架扁豆花旁，与时光握手言欢，从容地过了。暗暗想，真人总是不露相的，这老妇人，说不定也是一高人呢。像郑板桥，曾流落到苏北小镇安丰，居住在大悲庵里，春吃瓢儿菜，秋吃扁豆。人见着，不过一乡间普通农人，谁知他满腹诗才？秋风渐凉，他在他居住的厢房门板上，手书浅刻了一副对联："一帘春雨瓢儿菜，满架秋风扁豆花。"几百年过去了，当年的大悲庵，早已化作尘土。但他那句"满架秋风扁豆花"，却与扁豆同在，一代又一代，不知被多少人在秋风中念起。

大自然的美，是永恒的。

清代学者查学礼也写过扁豆花："碧水迢迢漾浅沙，几丛修竹野人家。最怜秋满疏篱外，带雨斜开扁豆花。"有人读出凄凉，有人读出寥落，我却读出欢喜。人生秋至，不关紧的，疏篱外，还有扁豆花，在斜风细雨中，满满地开着。生命不息。

菊有黄花

一场秋雨，再紧着几场秋风，菊开了。

菊在篱笆外开，这是最大众最经典的一种开法。历来入得诗的菊，都是以这般姿势开着的。一大丛一大丛的，倚着篱笆，是篱笆家养的女儿，娇俏的，又是淡定的。有过日子的逍遥。晋代陶渊明随口吟出那句"采菊东篱下"，几乎成了菊的名片。以至于后来的人们，一看到篱笆，就想到菊。唐朝元稹有诗云："秋丛绕舍似陶家，遍绕篱边日渐斜。"秋水黄昏，有菊有篱笆，他触景生情地怀念起陶翁来。陶渊明大概做梦也没想到，他能被人千秋万代地记住，很大程度上，得益于他家篱笆外的那一丛菊。菊不朽，他不朽。

我所熟悉的菊，却不在篱笆外，它在河畔、沟边、田埂旁。它有个算不得名字的名字，野菊花。像过去人家小脚的妻，没名没姓，只跟着丈夫，被人称作吴氏、张氏。天地洞开，广阔无边，野菊花们开得随意又随性。小朵的，清秀，不施粉黛。却色彩缤纷，红的黄的，白的紫的，万众一心齐心合力地盛开着。仿佛一群闹嚷嚷的小丫头，挤着挨着在看稀奇，小脸张开，兴奋着，欣喜着。对世界，是初相见的懵懂和憧憬。

乡人们见多了这样的花，不以为意。他们在秋天的原野上收获，播种，埋下来年的期盼。菊们兀自开放，兀自欢笑，与乡人们各不相扰。蓝天白云，天地绵亘。小孩子们却无法视而不见，他们都有颗菊花般的心，天真烂漫。他们与菊亲密，采了它，到处乱插。

那时，家里土墙上贴一张仕女图，有女子云鬟高耸，上面横七竖八插满菊，衣袂上，亦粘着菊，极美。掐了一捧野菊花回家的姐姐，突发奇想帮我梳头，照着墙上仕女的样子。后来，我顶着满头的菊跑出去，惹得村人们围观。"看，这丫头，这丫头。"他们手指我的头，笑着啧啧叹。

现在想想，那样放纵地挥霍美，也只在那样的年纪，最有资格。

人家的屋檐下，也长菊。盛开时，一丛鹅黄，另一丛还是鹅黄。老人们心细，摘了它们晒，做菊花枕。我家里曾有过一只这样的枕头，父亲枕着。父亲有偏头痛，枕了它能安睡。我在暗地里羡慕过，曾决心自己给自己做一只那样的枕头。然来年菊花开时，却贪玩，忘

139

掉这事。

年少时，总是少有耐性的，于不知不觉中，遗失掉许多好光阴。

周日逛街，秋风已凉，街道上落满梧桐叶，路边却一片绚烂。是菊花，摆在那里卖。泥盆子装着，一只盆子里只开一两朵花，花开得肥肥的，一副丰衣足食的好模样。颜色也多，姹紫嫣红，千娇百媚。却还是喜黄色。《礼记》中有"季秋之月，菊有黄花"的记载，可见得，菊花最地道的颜色，是黄色。

我买了一盆，黄的花瓣，黄的蕊，极尽温暖，会焐暖一个秋天的记忆和寒冷。

才有梅花便不同

趁着天黑，去邻家院子边，折一枝梅回来。这有偷的意思了。——我是，实在架不住它的香。

它香得委实撩人。晚饭后散步，隔着老远，它的香就远远追过来，像撒娇的小女儿，甜腻腻地缠着你，让你架不住心软。我向东走，它追到东边。我向西走，它追到西边。我向南走，它追到南边。我向北走，它追到北边。黑天里看不见，但我知道它在那里，它就在那里，在邻家的院子里。一棵，只一棵。

白天，我在二楼。西窗口。我的目光稍稍向下倾斜，就可以看到它。邻家的院子，终日里铁栅栏圈着，有些冰冷。有了一树的梅，竟不一样了。连同邻家那个不苟言笑的男人，他在梅树下进进出出，望上去，竟也有了几分亲切。一树细密的黄花朵，不疾不徐地开着，隔了距离看，像镶了一树的黄宝石。枝枝条条，四下里漫开去，它是想把它的欢颜与馨香，送到更远的地方去。一家有花百家香。花比人慷慨，从不吝啬它的香。

梅是大众情人，人见人爱，这在花里面少见。梅的本事，是一般的花学不来的。谁能在冰天雪地里，捧出一颗芬芳的心？谁能在满目的衰败与枯黄之中，抖擞出鲜艳？只有梅了。它从冬到春，在季节最为苍白最为寂寥的时候，它含苞，它绽放。它是冬天里的安慰，它是春天里的温暖。

喜欢关于梅的一则韵事。相传宋武帝的女儿寿阳公主，某天午睡，独卧于自己寝宫的檐下。旁有一树梅，其时花开正盛。风吹，有花落于公主额上，留下一朵黄色印记，拂之不去。宫人们惊奇地发现，公主因这朵黄色印记，变得更加娇媚动人了。从此，宫人们争相效仿，采得梅花，贴于额前，此为梅花妆。——原来，古代女子的对镜贴花黄，竟是与梅花分不开的。

我对着镜子，摘一朵梅，玩笑般地贴在额前。想我的前身，当也是一个女子吧，她摘过梅花么？她对镜贴过花黄么？想起前日里，去城南见一个朋友。暖暖的天，暖暖的阳光，空气中，有了春的味道。突然闻到一阵幽香，不用寻，我知道，那是梅了。果真的，街边公园里，有梅一棵，裸露的枝条上，爬满小花朵，它们甜蜜着一张张小脸儿，笑逐颜开。有老妇人，在树旁转，她抬眼，四下里看，趁人不备，折下一枝，笑吟吟地，往怀里兜。她那略带天真的样子，让我微笑起来，人生至老，若还能保持着这样一颗喜爱的心，当是十分十分可爱且甜蜜的吧。

亦想起北魏的陆凯。那样一个大男人，居然浪漫到把一枝梅花，装在信封里，寄给好朋友范晔，并赋诗一首："折梅逢驿使，寄与陇头人。江南无所有，聊赠一枝春。"他把他的春天，送给了朋友。做这样的人的朋友，实在是件幸运且幸福的事。

我折回的梅，被我插在书房的笔筒里。简陋的笔筒，因了一枝梅，变得活泼起来俏丽起来。南宋杜耒写梅："寒夜客来茶当酒，竹炉汤沸火初红。寻常一样窗前月，才有梅花便不同。"诗里不见一字对梅的赞美，却把梅的风骨全写尽了。梅有什么？梅有的，就是这样的与众不同啊！一地清月，满室幽香。那样一个寻常之夜，因窗前一树的梅，诗人的人生，活出了不寻常。

小鸟每天唱的歌都不一样

一

一只鸟在啄我的窗。

有时清晨，有时黄昏。有时，竟在上午八九点或下午三四点。

柔软的黄绒毛，柔软的小眼睛，还有淡黄的小嘴——一只小麻雀。它一下一下啄着我的窗，啄得兴致勃勃。窗玻璃被它当作琴弦，它用嘴在上面弹乐曲，"笃笃笃"，它完全陶醉在它的音乐里。

我在一扇窗玻璃后，看它。我陶醉在它的快乐里。

我们互不干扰。世界安好。

有一段时间，它没来，我很想念它。路上偶抬头，听到空中有鸟叫声划过，心便柔软地欢喜，忍不住这样想：是不是啄我窗子的那一只?

我的窗户很寂寞,在鸟远离的日子里。

二

街上有卖鸟的。绿身子,黄尾巴,眼睛像两粒小豌豆。彩笔画出来似的。

鸟在笼子里,啁啾。

我带朋友的小女儿走过。那小人儿看见鸟,眼睛都不转了,她欢叫一声:"小鸟哦。"跳过去,蹲下小小的身子看鸟。鸟停止了啁啾,也看她。

它们就那样对望着,好奇地。我惊讶地发现,它们的眼神,何其相似:天真,纯净,一汪清潭。可以历数其中细沙几粒,水草几棵。

小女孩说:"阿姨,小鸟在对我笑呢。"

有种语言在弥漫,在小女孩与小鸟之间。我相信,那一定是灵魂的暗语。

三

我确信我家的屋顶上，住了一窝鸟。

深夜里，我写字倦了，喝一杯温热的白开水。四周俱静。我家屋顶上，突然传来嘈嘈切切的声音，伴着鸟的轻喃，仿佛呓语。我以为，那一定是一家子，鸟爸爸，鸟妈妈，还有鸟孩子。

我微笑着听，深夜的清凉，霎时有了温度。

我开始瞎想，它们是一窝什么样的鸟呢？是"泥融飞燕子"中的燕子吗？还是"百啭千声随意移"中的画眉？或许是"两个黄鹂鸣翠柳，一行白鹭上青天"中的黄鹂和白鹭呢，简直活泼极了，翠绿、艳黄、纯白、碧蓝，怎一个惊艳了得？它们鸣唱着，欢叫着，发出天籁之声。

我没有爬上屋顶去看，它们到底是怎样的鸟。我不想知道。

它们一天一天，绵延着我的想象，日子里，便有了久久长长的味道。

四

故事是在无意中看到的。说某地有个退休老人，多少年如一日，用自己的退休金，买了鸟食，去广场上喂鸟。

为了那些鸟，老人对自己的生活，近乎苛刻，衣服都是穿旧的，饭食都是吃最简单的，出门舍不得打车，都是步行。

鸟对老人也亲。只要老人一出现，一群鸟就飞下来，围着老人翩翩起舞，婉转鸣唱。成了当地奇观。

然流年暗换，老人一日一日老去，一天，他倒在去送鸟食的路上。

当地政府，为弘扬老人精神，给老人塑了一铜像，安置在广场上。铜像安放那天，奇迹出现了，一群一群的鸟，飞过来，绕着老人的铜像哀鸣，久久不肯离去。

我轻易不落的泪，掉下来。鸟知道谁对它们好，鸟是感恩的。

五

有一段时间，我在植物园内住。是参加省作家读书班学习的，选的地方就是好。

两个人一间房，木头的房。房在密林深深处。推开木质窗，窗外就是树，浓密着，如烟的堆开去。

有树就有鸟。那鸟不是一只两只，而是一群一群。我们每天在鸟叫声中醒过来，在鸟叫声中洗脸，吃饭，读书，听课，在鸟叫声中散步，物我两忘，直觉得自己做了神仙。

有女作家带了六岁的孩子来，那孩子每天大清早起床，就伏到窗台上，手握母亲的手机，对着窗外，神情专注。我问他："干吗呢，给小鸟打电话啊？"他轻轻冲我"嘘"了声，一脸神秘地笑了。转过头去，继续专注地握着手机。后来他告诉我，他在给小鸟录音呢。"阿姨，你听你听，小鸟每天唱的歌都不一样。"他举着手机让我听，一脸的兴奋。手机里小鸟的叫声，铺天盖地灌进我的耳里来，如仙乐纷飞。

小鸟每天唱的歌都不一样，这句话，我铭记了。

梦想：向着美好奔跑

生活或许是困苦的、艰涩的，但心，仍然可以向着美好跑去。如这个男人，在困厄中，整出了一地的希望。———粒种子，就是一蓬的花、一蓬的果、一蓬的幸福和美好。

向着美好奔跑

阳光的影子，拓印在窗帘上，似抽象画。鸟的叫声，没在那些影子里。有的叫得短促，唧唧、唧唧，像婴儿的梦呓。有的叫得张扬，喈喈、喈喈，如吹号手在吹号子。

我忍不住跑过去看。窗台上的鸟，"轰"的一声飞走，落到旁边人家的屋顶上，叽叽喳喳。独有一只鸟，并不理睬左右的声响，兀自站在一棵矮小的银杏树上，对着天空，旁若无人地拉长音调，唱它的歌。一会儿轻柔，一会儿高亢，自娱自乐得不行。

鸟也有鸟的快乐，如人。各自安好。

也便看到了隔壁小屋的那个男人，他正站在银杏树旁。——我不怎么看得见他。大多数时候，他小屋的门，都落着锁，阒然无声。

搬来小区的最初，我很好奇于这幢小屋，它的前面是别墅，它的后面是别墅，它的左面是别墅，它的右面还是别墅。这幢三间平房的小屋，淹没在别墅群里，活像小矮人进了巨人国。

也极破旧。墙上刷的白石灰已斑驳得很，一块一块，裸露出里面灰色的墙面。远望去，像一堆空洞的眼睛，又像一堆张开的喑哑的嘴。屋顶上，绿苔与野草纠缠。有一棵野草长得特别茂盛，茎叶青绿，在那里盘踞了好几年的样子。有时，黑夜里望过去，我老疑心那是一只大鸟，蹲在那儿。孤单着，独自犹疑着，不知飞往何处去。他的小屋，没有灯光。

隐约听小区人讲过，他的父母先后患重病去世，欠下巨额债务，家里能变卖的东西，都变卖了。妻子耐不住清贫，跟他离了婚，并带走他们唯一的女儿。他成天在外打工，积攒着每一分钱，想尽早还清债务，接回女儿。

他的小屋旁，有巴掌大一块地，他不在的日子，里面长满野藤野草。现在，他不知从哪儿弄来一把锄头和一把铁锹，一上午都在那块地里忙碌，直到把那块地平整得如一张女人洗净的脸，散发出清洁的光。

他后来在那上面布种子，用竹子搭架子。是长黄瓜还是丝瓜还是扁豆？这样的猜想，让我欢喜。无论哪一种，我知道，不久之后，都将有满架的花，在清风里笑微微。那我将很有福气了，日日有满架的花可赏，且免费的。多好。

男人做完这一切，拍拍双手，把粘在手上的泥土拍落。太阳升高了，照得他额上的汗珠粒粒闪光。他搭的架子，一格一格，在他跟前，如听话的孩子，整齐地排列着，仿佛就听到种子破土的声音。男人退后几步，欣赏。再跨前两步，欣赏。那是他的杰作，他为之得意，脸上渐渐浮上笑来。那笑，漫开去，漫开去，融入阳光里。最后，分不清哪是他的笑，哪是阳光了。

生活或许是困苦的、艰涩的，但心，仍然可以向着美好跑去。如这个男人，在困厄中，整出了一地的希望。——一粒种子，就是一蓬的花、一蓬的果、一蓬的幸福和美好。

让梦想拐个弯

　　J是我的高中同学。和我们一起念书那会儿，他因偶然撞见海子的那首《面朝大海，春暖花开》的诗，而迷上诗歌，立志要成为一个诗人。他满脑子做着有关诗的梦，为此荒废了学业。

　　J后来没考上大学。有关他的消息，断断续续地在同学间流传：他外出打工了，他失业了。他结婚了，他离婚了。如此折腾，都是因为诗。他的眼里，除了诗，再也容不下别的。他待在十平方米的小房间里，靠他在纱厂做工的母亲养，几乎足不出户地写着诗。他写的诗稿，足足能装一麻袋，发表的却寥寥无几。有个老编辑，在毙掉他无数的诗稿后，终不忍，遂委婉地对他说，写诗这条路，对你而言，未必适合，你还年轻，可以去尝试别的路。

　　他没有顿悟。他相信精诚所至，金石为开，仍笔耕不辍，一路向前。多年后，同学聚会见到他，他身影孑然，潦倒不堪。彼时，他的母亲已过世。据说，他母亲过世时，眼睛是睁着的，对他，是一千个一万个放心不下。一口酒入口，呛出他满腔的泪，他终于不得不面对一个事实：这一辈子，他成不了诗人。他哽咽道，我的好年华，就那样白白溜走了，我还能做什么呢？

大家面面相觑，没有人能回答他。记忆里，他是聪明的，理科成绩曾一度辉煌过。他会吹笛子，会拉二胡，绘画也很有天赋。如果他在碰壁之后，选择另一条路走，或许他早就成就一番事业了。

J的故事，让我想起一则寓言来。一只青蛙，很羡慕天空中飞翔的小鸟，它梦想有一天，能变成小鸟。于是，它开始苦练飞翔。它爬到高处，腾跳，起飞。结果可想而知，每次，它都重重摔下来，摔得鼻青脸肿。别的青蛙看不下去了，劝它，青蛙就是青蛙，小鸟就是小鸟，青蛙成不了小鸟，就像小鸟成不了青蛙一样，捕捉虫子才是我们青蛙必须掌握的本领啊。它不听，执意要学会飞翔。它避开众青蛙，独自爬到一座高高的山峰上练习去了。数天后，众青蛙在山脚下，发现了它的尸体——它摔死在岩石上。

执着是一种可贵的品质，然盲目的执着，却是对生命的浪费和伤害。梦想很可爱，但也很现实。当梦想缥缈如天上的云彩，任我们再踮起脚尖，也无法与它相握，这时，我们要学会认知自我，懂得放手，让梦想拐个弯。

认识一个服装设计师，他设计的服装，因其款式别具一格，在圈内很有名。谁也想不到，他曾经的梦想，却是成为一名钢琴家。从小，他的父母不惜倾家荡产栽培他，给他买最昂贵的钢琴，给他请最好的音乐老师。他的童年，是交给钢琴的。他的少年，是交给钢琴的。他的青年，差点也全部交给钢琴。幡然醒悟是在一次音乐会后，台上钢琴家行云流水般的演奏风格，是他永远也无法企及的。他不顾父母的反对，毅然放弃了音乐，改行学习他颇感兴趣的服装设计，很快脱颖而出。

在他的工作室里，悬挂着一幅照片，那是他去云南旅游时拍的：悬崖上，一丛野杜鹃，满满地开着，落霞般的。高远的天空，裸露的岩石，艳红的花朵，生命如此安静，又如此强烈。

他的目光，落在那丛野杜鹃上，他说，野杜鹃一定也做过成为大树的梦的，当那个梦想遥不可及时，它让自己落入尘土，努力地在悬崖上，盛开出属于它自己的绚烂。

父亲的理想

母亲夜里做了一个梦，一个很不好的梦，事关我的。

半夜里被吓醒，母亲坐床上再也睡不着。第二天天一亮，就催促父亲进城来看我。

父亲辗转坐车过来，我已上班去了，家里自然没人。父亲就围着我的房子前后左右地转，又伸手推推我锁好的大门，没发现异样，心稍稍安定。

我回家时，已是午饭时分。远远就望见父亲，站在我院门前的台阶上，顶着一头灰白的发，朝着我回家的方向眺望。脚跟边，立一鼓鼓的蛇皮袋。不用打开，我就知道，那里面装的是什么。那是母亲在地里种的菜蔬，青菜啊，大蒜啊，萝卜啊，都是我爱吃的。一年四季，这些菜蔬，总会源源不断地输送到我的家里来。

父亲见到我,把我上下打量了好几遍后,这才长长地舒口气,说:"没事就好,没事就好。"又絮叨地告诉我,母亲夜里做怎样的梦了,又是怎样地被吓醒。"你妈一夜未睡,就担心你出事。"父亲说。我仔细看父亲,发现他眼里有红丝缠绕,想来父亲一定也一夜未眠。

　　我埋怨父亲:"我能有什么事呢,你们在家净瞎想。"父亲搓着手呵呵笑,说:"没事就好,没事就好。"他解开蛇皮袋袋口的扎绳,双手提起倾倒,菜蔬立即欢快地在地板上蹦跳。青菜绿得饱满,萝卜水灵白胖。我抓了一只白萝卜,在水龙头下冲了冲,张口就咬。父亲乐了,说:"我和你妈就知道你喜欢吃。"看我的眼神,又满足又幸福。

　　饭后,我赶写一篇稿子,父亲坐我边上,戴了老花眼镜,翻看我桌上的报刊。他翻看得极慢,手点在上面,一个字一个字地看,像寻宝似的。我笑他:"爸,照你这翻看速度,一天也看不了一页呀。"父亲笑着低声嘟囔:"我在找你写的。"

　　我一愣,眼中一热。转身到书橱里,捧了一沓我发表的文章给父亲看。父亲惊喜万分地问:"这都是你写的?"我说:"是啊。"父亲的眼睛,乐得眯成了一条缝,连连说:"好,好,我丁家出人才了。"他盯着印在报刊上的我的名字,目不转睛地看,看得眼神迷离。他感慨地笑着,说:"还记得你拖着鼻涕的样子呢。"

旧时光一下子回转了来。那个时候，我还是绕着父亲膝盖撒欢的小丫头，而父亲，风华正茂，吹拉弹唱，无所不能，是村子里公认的"秀才"。那样的父亲，是怀了远大的抱负的，他想过学表演，想过做教师，想过从医。但家里穷，有我们四个儿女的拖累，父亲的抱负，终是落空。

随口问一句："爸，你现在还有理想吗？"

父亲说："当然有啊。"

我充满好奇地问是什么。我以为父亲会说要起新房子什么的。老屋已很破旧了，父亲一直想盖一幢新房子。

但父亲笑笑，说："我的理想就是，能和你妈平平安安地度过晚年，自己能养活自己，不给儿女们添一点儿负担，不要儿女们操一点点心。"

父亲说这些话时语气淡然，一双操劳一生的手，安静地搁在刊有我文章的一沓报刊上。青筋突兀，如老根盘结。

泡桐花开

我的高中，是在离家三四十里的小镇上读的。

那时的交通，远不似今天这么便捷。乡下也不通车，要去镇上，只有两个选择，骑自行车，或步行。家里当时只一辆自行车，我若骑去学校，全家人出门就极不方便了。我于是选择步行。

星期天的午后，我背着干粮——一周吃的咸菜、大米，沿着弯曲的土路，出发去镇上。冬天的天黑得早，我往往要走到太阳落山，才能到达小镇。那个时候，万家灯火已次第亮起，我感到既孤单又荒凉。远远看见学校了，我像极一尾终于找到水的鱼，一头扑进去。

两层的教学楼，红砖红瓦，楼前长着泡桐树。冬天，树干光秃，上面落满阳光。最好看的是四五月，树上缀一树紫色的花，撑着一树的小伞似的。我们人坐在教室里，稍一转头，就与那一树一树的

160

花重逢。

清晨的花树下，晃动着男孩女孩的影，他们在晨读。我也喜欢捧本书，沿着一排的泡桐树走过去，再走过来。紫色的小花，落在书页上，也落在我的心上。我抬头看，怔怔地，想一想不可知的未来，整个人，被一种说不清道不明的情绪笼罩着。青春在骨头里，悄悄地开着花。

读书改变命运——这话不用父母提醒，是早早烙在我的心里的。那时，我是个性格极其内向的女生，家境清贫，自卑是写在脸上的。羡慕过家住镇上的同学，他们穿整洁的衣，说话大声，走路张扬，永远青春蓬发的模样。他们住在黛瓦粉墙木板门的房子里，青石板铺就的巷道，走上去，幽深幽深的，像古典的梦。黄昏时分，整个巷道上空，飘着好闻的饭菜香，与我的乡下是多么不同。我拿不出什么可以示人的东西，唯有埋头苦读，用成绩来说话。

忧伤时不时来袭，莫名的。看着满地的落花，想掉泪。对着将逝的黄昏，想逃离。多年后，我才知道，那是青春必经的道路——敏感，脆弱，易感伤。那个时候，我常跑去学校门前的小河边。河岸上，长满野花野草，无人光顾，它们照旧喜眉喜眼地生长。清冽的河水，在微风的吹拂下，笑出好看的波纹。天空中，有鸟成群飞过，快乐的啁啾声，洒落下来。我变得安静，忘了忧伤。那时不懂，生命原是各自按自己的样子活着，只觉得，自己仿佛也变成一朵花，一棵草，一只鸟，甚或是，一瓢清浅。

又一年泡桐花开，紫色的小花，小伞似的，撑了一树又一树。市里举办中学生作文竞赛，校长在全校师生大会上许诺，谁拿到第一名，就请谁的父母来，给佩戴上大红花。我听得心中涟漪四起，暗地里悄悄用功，想着，一定要让我那大字不识一个的母亲，胸前别上大红花。

结果，我真的拿了第一名，全校沸腾。我回家，故意不动声色，只对母亲说，妈，学校让你去一趟。母亲当时正在桑树地里除草，碧绿的桑，是春蚕的希望。母亲听到我的话，脸暗了暗，直起身来，揉着弯疼的腰问我，你闯祸了？

我赶紧回，没。

那学校做什么要我去？母亲觉得不可思议。地里的庄稼活离不开她，再说，她也从没出过远门，去镇上，可算是她去得最远的地方。但最终，母亲还是同意跟我去学校，走之前，她用布袋包了几只鸡蛋揣上，母亲还是担心我在学校出了事，她想用鸡蛋去跟老师打招呼。

母亲被校长迎上主席台，胸前给佩上大红花。母亲一下子手足无措起来，她本能地谦让，这个我不要，你们戴你们戴。校长按住母亲的手，亲切地说，这是你女儿的荣誉，感谢你生了个好女儿，作文竞赛得了第一名，为我们学校争光了。母亲终于明白过来，她局促地笑了，笑出两眶泪。泡桐花的影子，在她黑瘦的脸上荡漾。那一刻，我黑瘦的母亲，美丽得无与伦比。

不要让心长出皱纹

一帮中年人聚会，一女人盯着我细看，冷不丁来了句，你脸上怎么还没长皱纹？

去理发店。帮我洗头发的小女孩的手，鲜嫩得跟青葱似的。她在我头上弹啊弹啊，弹着弹着，突然顿了手，甜甜地问，阿姨，你的头发怎么这么黑，一根白的也没有？

跟陌生朋友见面，他们总要疑惑地对着我上上下下打量了又打量，问，你儿子果真那么大了吗？你看上去不像啊？

像？什么才叫像？就像小时写作文，写到母亲，必是皱纹密布的一张脸。黑发里，必是霜花点点。必是背驼腰弓，沧桑得不得了。必得有一点老态，才叫正常。仿佛到了一定年纪，非得烙上这个年纪的印记不可。涂红指甲，不可以！穿花裙子，不可以！你因一件好玩的事，忘情地跳着笑着，不可以！你还拥有好奇、激动、热血，不可以！

街上的喧腾热闹，都不带你玩了。新奇新鲜的玩意儿，都没你的份了。衣服也只能挑黑蓝紫的，质不必高，能遮身就行。出门不必装扮，因为没人注目到你身上。时尚的话题，你没一句插得上。你一边待着去吧，别碍手碍脚的，最好自个儿识趣地，搬把椅子，去太阳下打打盹。或养只小猫小狗，打发时光。你慢慢、慢慢地退到角落里去，没有人留意你的喜怒和欢悲，你被世界遗忘，你渐渐地，也被自己遗忘。

这叫什么逻辑？！

我偏不！我想唱的时候，我就大声唱。我爱跳的时候，我仍忘情地跳，只要我还能跳得动。我还是爱囤积发圈、胸针、手链、挂件诸如此类的小物件。我还是好探险，喜欢跑到幽深的更幽深的地方去，因意外发现一棵开满花的老树，而万分惊喜地欢叫。对了，我还买了一堆气球放家里，没事时，吹着玩。

我堂哥，五十好几的人了，头顶已秃过半，眼角皱纹堆积。我们虽不常见面，但每次见面，我都喜欢跟他黏在一起，因为他好玩。有一次，我在房间做事，他在客厅，我突然听到客厅里传来他的哈哈大笑声。跑去看，他正在看动画片，动画片里，一只小老鼠把一只猫捉弄得狼狈不堪。我堂哥指着动画片叫我看，笑得上气不接下气，他说，你看，你看，你看那只小老鼠！那一刻，他可爱得让我想拥抱他。

人活的，原不是年纪，而是心态。只要心态不老，你就永远不会老。

记得我在念大学时，一老太太教我们历史。我们一帮青春娃，开始都很排斥她。等听她上了几节课后，我们却都狂热地爱上她。她喜穿水粉的衫子，又描眉，又画唇，真是好看。上课时，她的肢体语言十分丰富，讲起历史典故来，眉飞色舞，引人入胜。课后，我们围住她聊天，她教我们怎么打蝴蝶结，告诉我们去哪条老街，可以淘到好看的包和鞋子。春天，她和我们一起外出踏青，在闹市口，她买一艳丽的鸡毛掸子扛着。桃红鹅黄的鸡毛，插在一根长长的竹竿上，她扛着这团艳丽，在人群里走，实在招摇。我们虽不明所以，然跟着她的这团艳丽走，满心里，竟都是说不出的快乐和好玩。等走过闹市区，她这才对我们悄语，我买这个，是想扑蝴蝶来的。

好多年过去了，每每想起她，人群中的那团艳丽，和她一脸的小天真小狡黠，我都不由得从内心底，散发出欢笑来。

我知道，有一天，我的脸上，也会长出皱纹。我的头发，也会渐渐变白。我也终将老去——时光，这把镂刻岁月的刀，我也控制不了。但我，大可以让心，不长出皱纹。像我的大学历史老师那样，永葆一颗童心，去好奇，去发现，去欢喜，去开怀。这对自己来说，是有福的，对身边的人、对这个世界，亦是有福的。多一份童趣，少一份怨憎和暮气，多好玩啊。

不辜负

春天，满校园的花开得扑棱棱的时候，我问了学生一个问题：有谁能说出，我们这个校园内，到底有多少种花在开？

学生们面面相觑，答不上来。

我说，知道西阶梯教室后，有三棵榆叶梅吗？现在，开了满树粉红的花。知道教学楼旁有两棵结香吗？淡黄的花，早已缀满枝头。知道办公楼前的草坪旁，鸢尾花已打出一个个花苞苞吗？还有小径两边的夹竹桃，饭堂门口的月季和虞美人，花开得红红白白，烂漫成一片。图书馆后的两棵小樱桃树，开的花，则是淡粉的。金钟花也已撑开一朵一朵金黄，小酒盅似的……

学生们惊奇地睁大眼看着我，他们日日从花边过，却不见花。从来不知，身边原来有这么多的花，在默默开。

忽略与漠视,已成了我们生活的常态。我们总是忽略跟前的好,像猫一样的,追着风跑,以为远方才有我们所要的美好,而让四季的风景,从身边白白错过。等我们回头想再抓住时,那些风景,已成隔岸。我们只能慨叹一声,回不去了。

是的,回不去了。被我们错过的人,被我们错过的事,也便成了生命中永远的遗憾。

朋友 Y,中学校长,风华正茂,却患上绝症。平日里他工作起来像玩命,节奏紧张得呼吸也难。我们几个朋友聚,约他,他很少能到场。一句话,忙,忙得走不开。改天吧,改天我请你们一起钓鱼去,每次他都这样说,却从不曾兑现过。生命无多的日子里,他被人搀扶着在医院的小院子里散步,身子软塌塌的,每走一步,都很艰难。劝他躺下歇歇,他硬要坚持,他说,要锻炼的,不锻炼身体怎么能好呢?等我身体好了,我一定要请你们几个去钓鱼的,我都约你们好几回了。

最后的时光,他就这么向往着:一竿在手,柳树下坐着,日头长长的,俗世的纷繁全抛开去了,有闲云野鹤般的快乐。这份快乐,在他,终究没能实现。

朋友 S,报社记者,喜酒,喜热闹,喜交朋友。成日在外奔波采访,五光十色,觥筹交错。劝他,别喝那么多酒啊。他拍拍胸脯说,没事,我身体棒着呢。是棒,魁梧高大的身材,走路风一样的。可这样的人,也是说倒下就倒下了。胃癌，晚期。临去世前，我去看他，他已不怎么能开口说话了。不过两个月的时间，他一张饱满的脸，已瘦成一张纸。他留恋地看着站在床边的五岁小女儿，轻轻呼着气说，真想和女儿一起去公园荡秋千啊，我答应过她很多回呢，怕是不能了。

清风飞扬，天伦之乐，这样易得的幸福，在他，已成遥不可及。

曾读过一封来自地震废墟下的信，是一个年轻人写给母亲的。地震来时，年轻人正在他的办公室里办公，一下子被倒塌的房屋压在下面。当他意识到生命的时钟，已进入倒计时的时候，他想起母亲。平日因工作忙，他总疏于跟母亲沟通，忽略母亲太多太多。他摸索着在纸上写下他的心声：妈妈，此刻，我真想抱抱你啊。如果我能活着出去，妈妈，我要陪你坐在客厅里聊天，不再嫌你烦。我要跟你学做菜，让你也吃上一口我烧的菜。我还要带你去旅游，我们一年去一个地方，你说好不好？地方由你来挑。

当人生余下的时间不多时，我们才猛然警醒：有些事，还没来得及做。有些人，还没来得及爱。我们总以为可以等等，再等等，一转眼，却物非人也非。

活着的最好态度，原不是马不停蹄一路飞奔，而是不辜负。不辜负身边每一场花开，不辜负身边一点一滴的拥有，用心地去欣赏，去热爱，去感恩。每时，每刻。

感恩：有一种感恩，叫好好地活着

因为你知道，唯有快乐，才能减轻生活附加给你的疼痛，坚持一下，再坚持一下，或许就能等来云开日出的那一天。

牛皮纸包着的月饼

朋友去北京，给我带回两盒包装精美的月饼。红漆木盒装着，华丽、雍容。

揭开盒盖，不多的几只月饼，躺在质地柔软的丝绒上，是皇家女儿。金枝玉叶着。

洗净了手，和家人带着虔诚的心，切了一只月饼来尝。为此，我还特地拿出宝贝样收藏着的印花水晶盘，把月饼摆成菊的模样。一家人欢欢喜喜拿了吃，鱼翅做的馅，味道怪异，家人都只吃了一口，就放下了。我坚持吃两块，但终究，也受不了那份怪异。余下的，狠狠心，丢进垃圾桶。丢的时候，我祖母似的念叨，作孽啊作孽啊。

便格外怀念起小时的月饼来。是些小作坊做的，用桂花或松仁做馅，外面的面粉，层层起酥，洇着金黄的油，看着就让人垂涎欲滴。

在中秋前一个星期，村部的唯一一家小商店，就把月饼买回来了。散装的，搁在一个大缸里。我们放学时从商店门口过，可以闻得见空气里的月饼味，香甜香甜的，很浓。探头去看，总看到面皮白白的店主，在用牛皮纸包装月饼，五个一包，十个一包。他动作舒缓，在那时的我们眼里，那动作无疑是美的，充满甜蜜的味道。我们的心，开始生了翅膀，朝着一个日子飞翔。

终于等到中秋这一天了。起早祖父就答应了的，晚上，每人可以分到一个月饼。那一天，我们再没了心思做其他的事，只盼着月亮快快升起来。等月亮真的升起来了，我们不赏月，眼睛都聚到门口的小路上。祖父出现了，手里提着用牛皮纸包着的月饼，隔了老远，我们都能闻到月饼的味道。兄妹几个，跑过去迎接，在他身边跳。祖父说，小店里挤满了人，好不容易才买到月饼。语气里有得意，仿佛他做了一件很了不得的事。

煤油灯下，祖父小心地揭开一层一层的牛皮纸，我们得到了向往中的月饼，用小手托着，日子幸福得能滴出蜜来。母亲在一边教育我们，好东西要留着慢慢吃。于是我们把月饼分成一点一点的碎屑，舔着吃。总能把一个月饼吃到第二天，甚至第三天。

大人们也一人一个月饼，但他们多半舍不得吃，藏着，只等我们嘴馋了时，分了去吃。但生活的琐碎和忙碌，会让他们忘掉藏月饼这件事。我祖母有一次藏了一个月饼，等她记起时，月饼上面已长了很长的毛了，不得不扔掉，一家人为此心痛了好多天。

祖母也曾把月饼分送给邻家两个孩子，那两个孩子跟着寡母过活，自是没钱买月饼。中秋时，别人家欢歌笑语，他们家却冷冷清清的。祖母说，可怜啊。遂踮着小脚，给他们送了月饼去。回家来安慰我们，让别人吃掉，比自己吃掉好。那时年幼，不明白这句话，现在想想，祖母说的是帮人的快乐啊。如今那两个孩子早已长大，都出息了，一个在南京，一个在杭州。我祖母在世的时候，他们每年回来，都会去看看她。他们说，忘不了小时候用牛皮纸包着的月饼。

感恩的心

那是微雨的八月天，我从天目湖归来。一车的人，倦倦的，不是去时的兴致了。去时都带着满头满脑的新鲜，那时，天目湖还是未相识。归来时，已是旧相知了。

车上的电台里，不停地放着歌。有我会唱的，也有不会唱的，也便可有可无地听着。窗外的雨，细细的。我看着窗外，思绪陷入一方空白里。是万紫千红开遍后的那种空白，苍茫、辽阔，热闹散尽，有安稳的静。

换歌了。苍郁的女声。凝重的旋律。铺天盖地而来，无法抵御。仿佛云端里突然落下一场雪，白而厚的。又好似，一场秋风瑟瑟后，茅屋里，有炭炉燃着，红红的火星子，在扑扑跳跃。心，刹那间被一种巨大掩埋。这种巨大是什么呢？是雪的白，是炭火的红，是母亲烙的玉米饼的热，是久违朋友遥遥的一声问候：你好吗？

我好吗？——我，很好的。这样答着，就有感动的泪，欲流下。这世上，因关爱而生暖，因暖而生感激，因感激而生感恩，这才有了生生不息的美好和存在。

急急地探寻这首歌的歌名，用心记下，竟是一首《感恩的心》。回家，不及整顿旅途的劳累，就上网搜索了这歌，一遍一遍地播放。"我来自偶然，像一颗尘土，有谁看出我的脆弱？我来自何方，我情归何处，谁在下一刻呼唤我……"曲调温婉、凄美，却又透出一股子的力量，是绵软的蒲丝里，藏了坚韧。

歌里的故事，让人唏嘘：

天生失语的小女孩，与年轻的妈妈相依为命。年轻的妈妈每天辛苦地外出找工作，回家时，总会给她捎上一块绵软的年糕，那是小女孩最爱吃的。这块小小的年糕，成了小女孩一天中最快乐的等待。

一个大雨天，出了门的妈妈，却再也没回来。小女孩等啊等啊，盼啊盼啊，雨越下越大，夜越来越深，妈妈还是没有回来。小女孩就沿着妈妈外出的路，去找。半路上，她发现妈妈躺在路边。她以为妈妈睡着了。她把妈妈的头，抱起来，枕到自己的腿上，想让妈妈睡得舒服一点。但她忽然看到，妈妈的眼睛，是睁着的，一动不动。她意识到，她亲爱的妈妈，可能已经死了。她使劲拉着妈妈的手摇晃，试图唤醒妈妈，却不能够。妈妈的手里，还紧紧攥着一块她爱吃的年糕。

小女孩哭了很久很久。她知道，妈妈走了，这世上，只剩她一个人了，她要勇敢起来，让妈妈放心。于是，小女孩站起来，站在妈妈跟前，用手语，一遍一遍告诉妈妈："感恩的心，感谢有你，伴我一生，让我有勇气做我自己……感恩的心，感谢命运，花开花落，我一样会珍惜……"泪水和雨水混合在一起，从小女孩小小的却写满坚强的脸上滑过，她就这样站在雨中，不停地"说"着"说"着，直到妈妈安详地闭上眼睛。

这世上，有一种感恩，叫好好活着。你给了我生命，给了我阳光雨露，而我，能给你什么呢？在我要给你的时候，或许你已悄然离去，我唯有，好好活着。

有时，勇敢而坚强地活着，就是对爱你的人，最大的报答。

花都开好了

记忆里，乡村多花，四季不息。而夏季，简直就是花的盛季，随便一抬眼，就能看到一串艳红，或一串粉白，趴在草丛中笑。

凤仙花是不消说的，家家有。那是女孩子的花。女孩子们用它来染红指甲。花都开好的时候，最是热闹，星星点点，像绿色的叶间，落满粉色的蝶，它们就要振翅飞了呀。猫在花丛中追着小虫子跑，母亲经过花丛旁，会不经意地笑一笑。时光便靓丽得花一样的。

最为奇怪的是这样一种花，只在傍晚太阳落山时才开。花长在厨房门口，一大蓬的，长得特别茂密。傍晚时分，花开好了，浅粉的一朵朵，像小喇叭，欢欢喜喜的。祖母瞟一眼花说，该煮晚饭了，遂折身到厨房里。不一会儿，屋角上方，炊烟就会飘起来。狗开始撒着欢往家跑，那后面，一定有着荷锄的父母亲，披着淡淡夜色。

我们早早把四方桌在院子里摆上了，地面上洒了井水（消暑热的），一家人最快乐的时光就要来了。花在开。这样的花，开好的时候，充满阖家团聚的温馨。花名更是耐人咀嚼，祖母叫它晚婆娘花。是一个喜眉喜眼守着家的女子呀，等候着晚归的家人。天不老，地不老，情不老，永永远远。

喜欢过一首低吟浅唱的歌，是唱兰花草的，原是胡适作的一首诗。歌中的意境美得令人心碎："我从山中来／带着兰花草／种在小园中／希望花开早。"一定是一个美丽清纯的乡村少女，一天，她去山中，偶遇兰花草，把它带回家，悉心种在自家的小园里，从此种下念想。她一日跑去看三回，看得所有的花都开过了，"兰花却依然／苞也无一个"。多失望多失望呀，她低眉自语，有一点点幽怨。月华如水，心中的爱恋却夜夜不相忘。是有情总被无情恼么？未必是。等到来年的春天，会有满园花簇簇的。

亦看过一个有关花的感人故事。故事讲的是一个女孩，在三岁时失去了母亲。父亲不忍心让小小的她受到伤害，就骗她说，妈妈到很远很远的地方去了，等院子里的桃花开了，妈妈就回来了。女孩于是一日一日跑去看桃树，整整守候了一个冬天。次年三月，满树的桃花开了。女孩很高兴，跑去告诉父亲，爸爸，桃花都开好了，妈妈就要回来了吧？父亲笑笑说，哦，等屋后的蔷薇花开了，妈妈就回来了。女孩于是又充满希望地天天跑去屋后看蔷薇。等蔷薇花都开好了,做父亲的又告诉女儿,等窗台上的海棠花开好了,妈妈就回来了。就这样,一年一年地,女孩在美丽的等待中长大,健康而活泼,身上没有一丝忧郁悲苦的影子。在十八岁生日那天,女孩深情地拥抱了父亲,俯到父亲耳边说的一句话是,爸,感谢你这些年来的美丽谎言。

花继续在开,爱,绵绵不绝。

画家黄永玉曾在一篇回忆录里,提及红梅花,那是他与一陈姓先生的一段"忘年交"。当年,黄永玉还是潦倒一穷孩子,到处教书,到处投稿,但每年除夕都会赶到陈先生家去过。那时,陈先生家红的梅花开得正好。有一年,黄永玉没能如期赶去,陈先生就给他写信,在信中这样写道:"花都开了,饭在等你,以为晚上那顿饭你一定赶得来,可你没有赶回来。你看,花都开了。"

你看,花都开好了。冰天雪地里,红艳艳的一大簇,直艳到人的心里面。它让我们完全有理由相信,这世界有好人,有善,有至纯至真。多美好!

乡下的年

乡下的年，是极为隆重的。

从进入腊月起，人们便开始着手为年忙活。老人们搬出老皇历，坐在太阳下，眯缝着眼睛翻，哪天宜婚嫁，哪天祭神，哪天祭祖，一点不含糊。村庄变得既庄严又神秘。

蒸笼取出来了。井水里清洗，大太阳下一溜排开了暴晒。孩子们望着蒸笼，一遍一遍问，什么时候蒸馒头啊？什么时候做年糕啊？大人答，快了，快了。这等待的过程真叫熬人。看看天，那太阳怎么还不西沉，日子怎么还不翻过一页去！灰喜鹊站在光秃秃的树上，欢天喜地叫着。喜鹊也知道要过年么？孩子们也仅仅这么想一想。那边的鞭炮在响，噼噼啪啪，噼噼啪啪，震得小麻雀们慌张地飞，眼前一片红在闪。娶新娘子呢。一溜烟跑过去。一路上，全是看热闹的人。

也终于盼到家里蒸馒头了。厨房里烟雾弥漫。门前早就摊开几张篾席，一蒸笼一蒸笼的馒头，晾在上面。孩子们跳着进进出出，敞开肚皮吃，直吃到馒头堵到嗓子眼。门前不时有人走过，一脸的笑嘻嘻。不管平日关系是亲是疏，这时候，定要被主家拖住，歇上一脚，尝一尝馒头的味道。他们站着亲密地说话，说说馒头发酵发得有多好，问问年货准备得怎么样了。空气变得又酥又软，对着它轻轻咬上一口，唇齿仿佛都是香的。

河里的鱼，开始往岸上取了。一河两岸围满观看的人。鱼在河里扑腾。鱼在渔网里扑腾。鱼在岸上扑腾。翻着白身子。人们的眼光，追着鱼转，心里跳动着热腾腾的欢喜。多大的鲲子啊，往年没见过这么大的呢，人们惊奇着。——往年真没见过吗？未必。可人们就是愿意相信，今年的，就是比去年的好。

河岸上撒满被渔网带上来的冰碴碴，太阳照着，钻石一样发着光。孩子们不怕冷，抓了冰碴碴玩，衣服鞋子，都是湿的。大人们这个时候最宽容了，顶多是呵斥两声，让回家换衣换鞋，却不打。腊月皇天的，不作兴打孩子的，这是乡下的规矩。孩子们逢了赦，越发地"无法无天"起来，偷了人家挂在屋檐下的年货——风干的鸡，去野地里用柴火烤了吃。被发现了，也还是得到宽容，过年么！

过年就该让孩子们野野的。

家里的年货，一样一样备齐了，鸡鸭鱼肉，红枣汤圆，还有孩子们吃的糖和云片糕。糖和云片糕被大人们藏起来，不到年三十的晚上，是绝不会拿出来的。孩子们虽馋，倒也沉得住气，看得见的甜就在那里，不急，不急。

掸尘是年前必做的大事。大人小孩齐动手，家里家外，屋前屋后，悉数被打扫得干干净净。甚至连墙旮旯的瓶瓶罐罐也不放过，都被擦洗得锃亮锃亮的。

多干净啊。旧年的尘埃，不带走一点点。新年是簇新簇新的，孩子们在洁净的门上贴春联，穿花洋布，吃大肥肉。这是望得见的幸福。猪啊羊啊跟着一起过年，猪圈羊圈上贴上横批：六畜兴旺。

零碎的票子已备下了，那是给卖唱的人的。年三十一过，唱道情打竹板的就要上门来了。自编自谱的曲儿，一男一女，或是一个男人，倚着门唱：东来金，西来银，主家财宝满屋堆。声音闪着金属的光芒。到那时，年的气氛，达到高潮。

瓶子里的春天

瓶子是蓝色玻璃的，本来有两只，五块钱一只，买的超市的。极便宜，却好看，有亭亭的腰肢，如束着裙腰的女子，款款着。一只放我办公桌上，一只放家里。放我办公桌上的那只，里面养过月季和雏菊，有一次，还养过扶郎和马蹄莲。但某天，却被一个男同事打碎了。他到我桌上去找什么，随手一带，只听"啪"一声脆响，瓶子疼痛得四分五裂。他不在意地说，碎了。我表面上也是不在意，说，碎了就碎了吧。实际上，却心疼得要命。它是廉价的，但却是我的爱，我到哪里再寻着同样的一只来？这如同世上的缘，都是众里寻它千百度的，它或许是平常平凡的那一个，但对于寻找的人来说，它是不可替代的。

放家里的这只，里面养过一种叫一年蓬的花。其实，说它是草

185

更合适，它在野地里生长，开细白的带了波浪边儿的花。有些像小雏菊。但从没有人把它当花。我采一束回来，插瓶子里，瓶子立时秀丽起来。植物淡淡的香气，在我的书房里萦回。

瓶子里还养过康乃馨，是女友送的。那一日，去看女友，女友不声不响下楼，捧一束康乃馨回来，花朵儿朵朵含苞。她说，这种花，可以在瓶子里开好长一段时间的。感激她的细心与体贴，却不会说出感激的话，只管抱着花儿，对着她笑。女人间的友谊，有时更深入内心，是灵魂深处的相知相惜。

更多的时候，瓶子是空的。我不在里面养花，是因为我常忘了给花换水，把花给养死了。瓶子在某些夜晚，便寂静在我的书房里，与我对峙。我有时寂寞，有时快乐，有时傻傻地坐着冥想。而它，总是不动声色地望着我，无波无浪。却又似乎埋伏着惊涛狂澜。——这，只是我的假想。事实上，它只是一只玻璃瓶子，它里面什么也没装，除了空气，还是空气。无欲无求。

人是因为欲望而生痛苦。如果做一只空着的玻璃瓶，是不是更靠近幸福？我插一些绢花在瓶子里，以假乱真地漂亮着。于是瓶子变得花枝招展起来，变得俗世起来，再与我对峙，就有了温暖的细流，在我们中间，涓涓地流。

看来，还是俗世好，如果无欲无求，哪里还有鲜活的人生？所谓痛便快乐着，大概就是这个理。

去郊外走。满田的油菜花都开了，黄灿灿的，成波成浪，汹涌翻腾。春天以不可阻挡之势，就这么铺陈开来，轰轰烈烈成这般模样。我掐两枝菜花，带回。我把它养在蓝色玻璃瓶里，密密的细黄花，就在我的瓶子上热闹。蓝的瓶，蜜黄的花，多么般配！它让人想着春天的田野，心情成一只放飞的风筝。

告诉一个朋友，如果你愿意，一只普通的玻璃瓶子里，也可以盛放一个春天的。她不解。我说，掐一枝菜花插进去，就好了。

每一棵草都会开花

去乡下,跟母亲一起到地里去,惊奇地发现,一种叫牛耳朵的草,开了细小的黄花。那些小小的花,羞涩地藏在叶间,不细看,还真看不出。我说,怎么草也开花?母亲笑着扫过一眼来,淡淡说,每一棵草,都会开花的。愣住。细想,还真是这样。蒲公英开花是众所周知的,黄灿灿的,像小菊花。即便结果了,也还像花,白白的绒球球,轻轻一吹,满天飞花。狗尾巴草开的花,连缀在一起,就像一条狗尾巴,若成片,是再美不过的风景。蒿子开花,是大团大团的……就没见过不开花的草。

曾教过一个学生,很不出众的一个孩子,皮肤黑黑的,还有些耳聋。因不怎么听得见声音,他总是竭力张着他的耳朵,微向前伸了头,做出努力倾听的样子。这样的孩子,成绩自然好不了,所有的学科竞赛，譬如物理竞赛、化学竞赛，他都是被忽略的一个。甚至，学期大考时，他的分数，也不被计入班级总分。所有人都把他当残疾，可有，可无。

他的父亲，一个皮肤同样黝黑的中年人，常到学校来看他，站在教室外。他回头看看窗外的父亲，也不出去，只送出一个笑容。那笑容真是灿烂，盛开的野菊花般的，有大把阳光栖在里头。我很好奇他绽放出那样的笑，问他，为什么不出去跟父亲说话？他回我，爸爸知道我很努力的。我轻轻叹一口气，在心里。有些感动，又有些感伤。并不认为他，可以改变自己什么。

学期要结束的时候，学校组织学生手工竞赛，是要到省里夺奖的，这关系到学校的声誉。平素的劳技课，都被充公，上了语文、数学，学生们的手工水平，实在有限，收上去的作品，很令人失望。这时，却爆出冷门，有孩子送去手工泥娃娃一组，十个。每个泥娃娃，都各具情态，或嬉笑，或遐想，或跳着，或打着滚，活泼、纯真、美好，让人惊叹。作品报到省里去，顺利夺得特等奖。全省的特等奖，只设了一名，其轰动效应，可想而知。

学校开大会表彰这个做出泥娃娃的孩子。在热烈的掌声中，走上台的，竟是黑黑的他——那个耳聋的孩子。或许是第一次站到这样的台上，他神情很是局促不安，只是低了头，羞怯地笑。让他谈获奖体会，他嗫嚅半天，说，我想，只要我努力，我总会做成一件事的。刹那间，台下一片静，静得阳光掉落的声音，都能听得见。

从此面对学生，我再不敢轻易看轻他们中任何一个。他们就如同乡间的那些草们，每棵草都有每棵草的花期，哪怕是最不起眼的牛耳朵，也会把黄的花，藏在叶间。开得细小而执着。

我为什么快乐

你为什么快乐？这个问题，经常被一些朋友拿来问我。

在回答这个问题前，请允许我先讲一个故事。一个长得很丑的女孩，常被别人取笑她长得丑，她因此活得很自卑，不敢出门见人。一天，她偶遇佛祖，佛祖吃简单的饭菜，穿粗布衣裳，住简陋的地方。女孩以为清苦极了，却在佛祖的脸上，看到安然与满足。她不解地问佛祖，佛祖，你为什么快乐？

佛祖笑着反问她，我吃得下睡得着，我为什么不快乐？

女孩突然明白了，快乐原是握在自己手中的，她活着她自己，没有必要替别人的取笑买单。她不再在意别人异样的眼光，不再在乎别人的嘲弄与讽刺，大大方方地出入一些场合，笑得阳光灿烂。渐渐地，她成了受欢迎的人，她拥有了很多朋友，她的长相被人忽略，大家记住的，是她的乐观和开朗。

从这个故事里，可以弄清一个问题：你是为自己活，还是为别人活。若是为别人活，那么，我要告诉你，你永远别想获得真正的快乐。因为，你不可能讨得人人的喜欢，你合了 A 的口味，难免会让 B 看不惯。你如了 B 的愿，C 又不答应了。你整天在他们之间权衡，奔波折腾，何苦来哉？

还是老老实实做自己吧。你若是个橘子，就注定成不了苹果。你若是根香蕉，就注定成不了梨子。那你还苦恼什么？就好好做你的橘子做你的香蕉吧。橘子有橘子的甜，苹果有苹果的香，香蕉有香蕉的软，梨子有梨子的脆，在很多时候，实在不能比出，谁更优越于谁。

有记者采访一个活到 103 岁的老人，询问他的长寿秘密，老人的回答只有四个字：保持快乐。

记者讶然，追问，生活中，您难道没遇到过不如意吗？

老人淡淡笑，把目光放逐得很远很远，那是穿透了几个世纪的。

有旁人悄悄告诉记者，老人一生经历了战争，经历了饥荒，经历了动乱。他所遇到的不如意，能装满满一卡车的，那人说。

记者动容。老人的脸上，却微波不兴。老人喃喃说，快乐地过是一天，不快乐地过也是一天，日子就要看你怎么过。

生活丢给我们两个选择，一是快乐，一是不快乐。你选择了快乐，你就选择了阳光，选择了温暖。你会看到花开，听到鸟叫，你会在凡来尘往中，感受到活着的喜悦。即使遇到一些坎坷一些挫折，你也能乐观地面对。因为你知道，唯有快乐，才能减轻生活附加给你的疼痛，坚持一下，再坚持一下，或许就能等来云开日出的那一天。相反，如果你选择了不快乐，整天自怨自艾，你的耳朵将会失聪，你的眼睛将会失明，你看不到花花绿绿的好，你听不到流水和清风的欢唱。你的世界，布满阴霾，你活得消极又沉闷，生的乐趣，将被你一点一点活埋了。

现在，我可以告诉你了，我为什么快乐。那是因为我别无选择，除了选择快乐。

六个柿子

　　家里的晚秋蚕养完了，父亲计划着进城来玩玩。"给你妈买双皮鞋，我自己也买件衣服。"父亲说。卖了蚕茧，父亲的语气里透着奢侈的喜悦。

　　父亲进城，肩上扛的是米袋子，手里拎的是方便袋，里面塞着青青的黄豆荚，嫩绿的韭菜，还有六个又大又红的柿子。

　　父亲电话里问："柿子熟了，想不想吃？"我说想。也只是随便说说。街上的水果一茬接一茬，桃子走了有鸭梨，现在苹果、橘子已大量上市了。还有北方的大枣，被山东汉子用小推车推着，满街叫卖，说是甜如蜜糖，脆如雪梨。尝一颗，果真是。这些水果，都比柿子好吃。

　　但父亲却把我的话当真了，很认真地给我挑了六个柿子，然后扛着沉沉的米袋子上路了。米袋子里，是刚脱粒的新米，家中田里自个儿长的。他说要送来给我尝尝鲜。

父亲途中转了两次车，才到达我的家。父亲就那样扛着米袋子，上上，下下。又扛着米袋子，走过长长的街道，在川流的人群里，左冲右突。有汗珠子滚下来吗？我不知道。因为父亲到达我家时，我还在上班。等我回到家，米袋子已立在客厅里了。六个红红的柿子，小红灯笼似的，置在桌上。

父亲坐在沙发上看电视，看到我回家，父亲赶紧起身问："累了吧？瞧，你爱吃的柿子。"他指指桌上，而后带着万分歉意地说，"人老了，没力气了，再多，就拎不动了，只能挑了六个带来。"我的眼光，落到父亲头上，那里，稀疏的发，已看不见黑的了。记忆里相貌堂堂的父亲，如今，真的成了一个白发苍苍的老人了。

父亲不知我心里的感伤，他兀自高兴地告诉我家里的事："水稻收了，蚕茧卖了个好价钱，圈里的猪也快能卖了。还养了两只羊。你喜欢的那只猫，生了小猫，却不归家，把些小猫衔得藏东藏西的，生怕哪个去捉了它的小猫。"父亲说到此，呵呵笑起来，充满幸福的。

"下午，你有空吗？"叨叨一阵后，父亲突然问我。

我想了想，点点头。父亲很高兴地说："那么，下午你陪我到街上去帮你妈妈买双皮鞋，她苦了一辈子，都没穿过好鞋子，这次蚕茧卖了个好价钱，我要好好奖励她一下。"

我跟他逗趣："你真的有钱?"父亲忙不迭掏口袋，说："真有钱。不信，你看。"我看过去，也不过几百块钱的样子，父亲却像拥有了一笔巨大的财富似的。

心里不知怎的有些酸酸的，我转身去吃柿子，装作万分欢喜的样子。父亲在一边看着乐了，很得意地说："这都是我和你妈挑了又挑的，挑的是最大最红的带过来的。怕被东西撞破了，就把它们放在韭菜里，拎在手上，路上，我一直袋子不离手的。你看，它们的皮，一点儿也没破吧?"

的确是，它们薄薄的皮，撑着饱满的果肉，像幼孩的皮肤，吹弹即破，却硬是连一点褶皱也没有。

想大街上南来北往的人群里，父亲佝偻着腰，扛着沉沉的米袋子，一边却要护着手里的方便袋。没有谁知道，他手里小心护着的，不过是六个柿子，带给他女儿吃的。

吊在井桶里的苹果

有一句话讲，女儿是父亲前世的情人。说的是做女儿的，特别亲父亲。而做父亲的，特别疼女儿。那讲的应该是女儿家小时候的事。

我小时，也亲父亲。不但亲，还瞎崇拜，把父亲当举世无双的英雄一样崇拜着。那个时候的口头禅是，我爸怎样怎样。因拥有了那个爸，一下子就很了不得似的。

母亲还曾嫉妒过我对父亲的那种亲。一日，下雨，一家人坐着，父亲在修整二胡，母亲在纳鞋底。就闲聊到我长大后的事。母亲问："长大了有钱了买好东西给谁吃？"我不假思索脱口而出："给爸吃。"母亲又问："那妈妈呢？"我指着一旁玩耍的小弟弟对母亲说："让他给你买去。"哪知小弟弟是跟着我走的，也嚷着说要买给爸吃。母亲的脸就挂不住了，继而竟抹起泪来，说白养了我这个女儿。父

197

亲在一边讪笑，说："孩子懂啥。"语气里却透着说不出的得意。

待我真的长大了，却与父亲疏远了去。每次回家，跟母亲有唠不完的家长里短，一些私密的话，也只愿跟母亲说。而跟父亲，却是三言两语就冷了场。他不善于表达，我亦不耐烦去问他什么，什么事情，问问母亲就可以了。

也有礼物带回，却少有父亲的。都是买给母亲的，衣服或者吃的。感觉上，父亲是不要装扮的，永远的一身灰色的或白色的衬衫，蓝色的裤子。偶尔有那么一次，我的学校里开运动会，每个老师发一件白色 T 恤。因我极少穿 T 恤，就挑一件男式的，本想给爱人穿的，但爱人嫌大，也不喜欢那质地。回母亲家时，我就随手把它塞进包里面，带给父亲。

我永远忘不了父亲接衣时的惊喜，那是猝然间遭遇的意外啊，他脸上先是惊愕，而后拿着衣的手开始颤抖，不知怎样摆弄了才好。傻笑半天才平静下来，问："怎么想到给爸买衣裳的？"

原来父亲一直是落寞的啊，我们却忽略他太久太久。

这之后，父亲的话明显多起来，乐呵呵的，穿着我带给他的那件 T 恤。三天两头打了电话给我，闲闲地说些话，然后好像是不经意地说一句："有空多回家看看啊。"

暑假到来时，又接到父亲的电话，父亲在电话里很兴奋地说："家里的苹果树结很多苹果了，你最喜欢吃苹果的，回家吃吧，保你吃个够。"我当时正接了一批杂志约稿在手上写，心不在焉地回他："好啊，有空我会回去的。"父亲"哦"一声，兴奋的语调立即低了下去，是失望了。父亲说："那，记得早点回来啊。"我"嗯啊"地答应着，把电话挂了。

一晃近半个月过去了，我完全忘了答应父亲回家的事。一日深夜，姐姐突然有电话来，聊两句，姐姐问："爸说你回家的，怎么一直没回来？"我问："有什么事吗？"姐姐说："也没什么事，就是爸一直在等你回家吃苹果呢。"

我在电话里笑了："爸也真是的，街上不是有苹果卖吗？"姐姐说："那不一样，爸特地挑了几十个大苹果，留给你，怕坏掉，就用井桶吊着，天天放井里面给凉着呢。"

心被什么猛地撞击了一把，我只重复说，爸也真是的，就再也说不出其他话来。井桶里吊着的何止是苹果？那是一个老父亲对女儿沉甸甸的爱啊。

感悟：那些温暖的

花小得像米粒，若不细看，就被忽略了。花长在路旁，在一棵冬青树的后面。冬青树枝繁叶茂，像一道厚重的门，把它给遮掩了。可是，它开花了，一开就是一片，粉蓝的，像米粒一样撒落。娇小，精巧。美好自在。

生命自在

去山东，在沂水大峡谷，遇见一红衣少年。谷口，挤挤挨挨摆着许多摊子，都是卖地方土特产的。红衣少年也夹在其中，只是他的摊子与众不同，他的摊子卖的是蝎子，活的，在几片草叶间蠕动。草叶子装在一个红塑料桶里，有点小恐怖。

少年的左颊上，卧两块铜钱大小的紫红色疤痕，火烧火燎般的。他在抛一枚核桃玩，抛上去，伸手接住。再抛上去，伸手接住。乐此不疲。他的近前，围了一些游人，好奇的居多，大家看看他桶里的蝎子，再看看他。无一例外的，人们都对他脸上的疤产生了兴趣：

"这疤是怎么来的？"

他镇定自若地答："胎记。"

"不会吧，哪有胎记是这个样子的？是不是捉蝎子时，被蝎子咬的？"问者不依不饶。

周围一阵哄笑。

"不，是胎记。"他抬眼笑一笑，继续抛他的核桃玩。

忘不了这个场景，忘不了卖蝎子的这个红衣少年，嘴唇边轻轻荡着一抹笑，他镇定自若地答："胎记。"他坦然面对的那种淡定，让我的灵魂颤动，将来的将来，他或许会遇到辛苦万千，但我相信，他能应对自如。

辽宁。乡下。傍晚时分。我在人家的路边瞎转悠，村庄安静，石头垒的篱笆墙上，牵一些扁豆花，紫蝴蝶一样的。墙根处，开满波斯菊，活活泼泼地占尽绚烂，红红，黄黄。夕阳远远地抛过来，石自在，花自在。心里面陡地温暖起来，哪里的乡下，看上去都让人觉得亲切，不疏远。因为它们骨子里有着相同的性情，都是憨厚朴实的。

突然听到有歌声，在篱笆墙那边响起。歌声嫩得如三月的草芽，沾着露的清纯。我悄悄探过头去，看到一个小女孩，旧衣旧衫，正弯着小小身子，掐着墙边的花，往头上插。山花插满头。

怕惊扰了她，我慢慢走开去。远处的山峦，隐隐约约。有两只晚归的雀，在我头顶上空"吱"一声叫，飞过去。它们落到我眼里的样子，像两朵在空中盛放的黑花朵。遥远的乡下，谁撞见了这份美?——那都无关紧要的。生命自在。

常去一家水果摊买水果。摆水果摊的，是个女人。男人伤残在家，还有一个孩子正读中学，日子是窘迫的。女人四十上下，风吹日晒，算不得美了。可是女人却是美的，因为，她有着鲜艳的红唇，修长的黑眉毛，——明显妆饰过了。她笑眯眯地坐在一排水果后，让人忍不住看两眼，再多看两眼。——美原是可以这样存在的。为什么不呢?

女人让我想起一种花来，我不知道那花的名字，它或许本来就没有名字的。深秋的一天，我偶然撞见它的盛放。花小得像米粒，若不细看，就被忽略了。花长在路旁，在一棵冬青树的后面。冬青树枝繁叶茂，像一道厚重的门，把它给遮掩了。可是，它开花了，一开就是一片，粉蓝的，像米粒一样撒落。娇小，精巧。美好自在。

善心如花

在一个陌生的小城歇脚，看到小城车站窗口悬挂着一个爱心箱。箱子其实是个普通的箱子，木头的，外表漆成养眼的草绿色，上面用红漆写着三个大字：爱心箱。走过路过的人，有留意看一下的，也有根本不在意的。你留意也好，你不在意也罢，箱子都兀自在那儿挂着，像承诺，像坚守。问当地人，这箱子做什么用呢？那人看一眼，笑说："是帮助落难的人回家呢。"他走过去，从口袋里掏出一枚硬币投进去。

陆续地，有人亦走过去，捐出身上的硬币。

原来，这是一个捐款箱。所得资金，全部用来帮助车站落难的旅客，让他们能顺利返家。据说这个爱心箱，已先后使几百人受益，爱心洒向全国各地。

突然觉得这个小城芳香四溢起来。一个人的一元不多，但很多人的一元，就能汇成一条爱的河流。我也走过去，投进去一元。我不知道我的那一元，会助谁踏上回家的路。当他顶着外面的风寒，推开家门，扑进家的温暖里，我想，他的心中，一定有花在开。

我的单位附近，卖吃食的小摊子多，各色各样的点心小吃，花样迭出，让人应接不暇。其中，有一卖茶馓的，却很少变换花样，她终年只卖一样，就是茶馓。那是一个中年妇人，头发有些灰白，成天套一件格子围裙。她守着她的摊子，并不叫卖，只安静坐着，生意却好得很，去买她茶馓的人，总是很多。不少的人，都是老顾客了，见面了，远远就招呼开了。

每次大家也不多买，就买上一元两元的，抓在手里，坐她边上吃，她会提供些白开水。大家一边吃，一边和她唠家常，说些天气如何之类的家常话。她呵呵笑着，眼角的鱼尾纹，全堆到一起。

我以为，茶馓一定很好吃。一次特地跑去买，却不是想象中的味道，甚至，有些难吃。

她那里的顾客，却仍不见减少。有时我下班路过，她的摊子边，围着一圈人，都在吃茶馓，很热闹。这让我费解。

后来无意中听到她的故事。原本有着一个和美的家，却发生变故，一场车祸，儿死夫丧，她自己也断掉两条腿，靠卖茶馓维持

207

生计。

知道她故事的人，都跑去买她的茶馓。渐渐的，这成了大家约定俗成的事。

我也常去了。每次只买一元的，有时坐她旁边吃完，有时不。她笑笑的，我也笑笑的，很愉快。

那儿，新近又冒出几家小吃食摊子来，香喷喷的，直钻人鼻孔。她的生意，却没有因此受到影响，每次从她摊前过，我都看到有人在她那儿吃茶馓。忍不住感动，想，她终究是个幸福的人呢，被这么多善心包围着。

这样的善心，是这个世上不败的花朵。生命在，它的芳香就在，或许不浓烈，却一点一点，沁人心脾。

永远的天籁

邻家小女孩，两三岁，整日里挥动着藕段似的小胳膊，蹒跚着往前冲。不管前方是一个水洼，还是杂草丛生的小坑，抑或只不过是寻常的一段路，上面飘着落叶几枚，在她，都是缤纷无限充满诱惑的，她不顾阻拦，满怀热情地奔了去。

她把一切事物，都当作好朋友。她会对着一棵草说话。会对着飘过的一枚叶说话。会很认真地打量一瓣花，伸手轻轻摸摸它，跟它打招呼："你好啊。"会对着墙角的小板凳唱歌，哄小板凳不哭。会轻轻拍着她的布娃娃，喂它吃饭。半夜里睡醒，她会担心，小猫有没有睡呢？小狗有没有睡呢？小鸟有没有睡呢？月亮有没有睡呢？星星有没有睡呢？

下雨了，雨点落在花上。她说："花在哭。"天晴了，草叶飞起来。她说："草在笑。"和妈妈一起去河边散步，看到河面上浮着纸屑和落叶，她突然站住，说："小河疼。"有一次，我见她用小勺在挖小坑，很卖力地挖着，便问她："宝贝，你在做什么呢？"她答："我在种面包呀。"她把面包屑埋进去，坚信它会长叶会开花，会结出吃不完的面包。

每一个孩子，天生都是诗人和作家。他们随便说出的话，都是一首首动人的诗篇，里面流淌着天籁。

这让我想起作家刘亮程来。初秋的天，我们一行人赴秦岭深处采风，在一个叫华阳的古镇上逗留。那里，有被当地人称之为"神鸟"的朱鹮。天色将晚，山谷之中暮霭苍苍。突然，有白色的影子，从绿树间扶摇直上。众人惊呼："朱鹮！"一齐仰头观望。青山苍翠，映着白色的影子，无限美好，令人为之沉醉。然等听到朱鹮的叫声，呱呱呱的，不少人立即失望了，"怎么叫起来像乌鸦？一点也不好听。"有人说。一直没吭声的刘亮程却欣喜地说："它的叫，如天上开门之声。"

我在一边听着，愣住，为他的与众不同。怨不得他能写出那么多天籁一样的文字，原来，他的心中，住着一个孩童。而所有的孩童，都长着一双想象的翅膀。我想起他在《对着一朵花微笑》一文中的句子："我一回头，身后的草全开花了。一大片。好像谁说了一个笑话，把一滩草惹笑了。"这是专属于刘亮程的文字，别人模仿不来。

我心有所悟，一个写作者，心中若没有了孩童的好奇与欣喜，没有了一颗天真的童心，怕是很难在这条路上走下去的。所以，对这个世界，你要永葆童真，永远心怀一曲天籁。唯有这样，你才能轻松地驾驭文字，让它们一个一个，落地生花。

大山里的牵牛花

八月里，我偶得机会，跟随朋友去沂蒙山区做客。主人家的小男孩冬冬，八岁，长得胖胖墩墩的。他屋里屋外快乐地穿梭，一会儿从屋内捧出梨子给我们吃，一会儿又去院内摘来两根黄瓜。

我提出要看看他们的村子，他自告奋勇跑在最前头。"阿姨，我带你去。"他在前头招呼我，小脸蛋被风吹得红扑扑的。我跟着他，村前村后瞎转悠，只见石头垒的院墙，一家挨着一家，家家门户洞开，鸡狗安详。冬冬不时指着这里那里告诉我，这是杏子树，能结好多杏子呢。那是打碗花，可以吃的，很甜呢。

冬冬的身边，不知何时，多出几个孩子来。几颗小脑袋挨一块，嘀嘀咕咕，不时拿眼瞟我。最后，他们终于憋不住了，让冬冬出面问我，可不可以帮他们拍照。原来，他们是看中了我脖子上挂着的相机。我说:"当然可以呀。"孩子们高兴起来,欢呼雀跃。

我举起相机就要拍。孩子们看看四周,连连摆手:"阿姨,不行,不行,这儿不好看。"我有点意外,看看四周,一截矮墙立着,的确有些荒芜和单调了。"我们去云云家吧,她家开了好多的牵牛花。"冬冬提议。他的提议,立即得到热烈响应。叫云云的那个小女孩,激动得小脸通红,开心得一溜烟往家里跑去了。

我在孩子们的前呼后拥下,穿过两条小巷道,拐过一个转角,就到云云家了。矮墙上,一蓬牵牛花,气势磅礴地扑过来,红红白白,蓝蓝紫紫。云云和她年轻的妈妈早已候在院门口。

小院整洁有序,葡萄架搭出碧绿的天然廊庑,枝上的每串葡萄,都用纸袋小心地兜着。我好奇:"是怕鸟啄吗?"云云妈赶紧解释:"不是呢,葡萄要熟的时候,太阳一晒,会开裂,这是防裂的。"她盛了清水,给孩子们洗脸。见我还在仰头看她的葡萄架,她笑了,说:"每年采摘的时候,我都会留一些在树上,给鸟吃的。"

我的心,突然地软软一动,这份善良,照得见人世间最原始的淳朴。

洗净脸的孩子们,一个一个,站到院门口的那蓬牵牛花下。相机上的他们,笑得比牵牛花还灿烂。未了,他们还请我给他们的小猫拍照。给他们的葡萄架拍照。给他们的房子拍照。给他们的牵牛花拍照。"呀，这么好看呀！"他们挤在我的相机前，看着显示屏上他们熟悉的家园，快乐地大叫。

"要不要我给你们寄照片？"我问。

孩子们出乎我意料地摇头，说："我们已经看到了呀！"

愣住，原来，他们把美装在了心里面。他们四散开去，快乐地追逐着风跑，一朵一朵的牵牛花，就开在了风里面。

阳光的味道

这是初冬。天气尚未冷得彻底，风吹过来，甚至还是和煦的。从七楼望下去，还见一些绿色，夹杂在明黄、深黄、金黄、紫红、橙红、褐粉里，那是银杏、梧桐、桂树、枫树，还有一些白杨和杉树。秋冬转换之际，原是用色彩迎来送往的，斑斓得落不下一丝惆怅。霜叶红于二月花呢，哪一季都有自己的好。这就像我们人生，童年有童年的天真，少年有少年的飞扬，青年有青年的朝气蓬勃，中年有中年的稳健成熟，老年有老年的宽容慈祥，每一个年龄段，都有自己的风和日丽。

阳光在高处，像一群小鸟，飞过来，扑下来，落在七楼的阳台上，觅食一般的。有什么可觅呢？我和写作班的孩子们，在阳台上嬉戏。八九岁的小人儿，青嫩的肌肤，散发出茉莉花般的清甜味。我看到阳光爬上孩子们的脸蛋，爬上孩子们的眉睫，爬到孩子们乌黑的发上。孩子们像向日葵一样的，朵朵饱满。阳光要觅的，可是这人世间最初的味道？清新的，纯粹的，未染杂尘。

仿佛就听到阳光的声音。是一群闹嚷嚷的小雀，挤着拥着，要往屋子里钻。也真的钻进来了，从敞开的大门外，从半开的窗户间。装空调的墙壁上，有绿豆粒大的缝隙，阳光居然也从那里挤了进来。

屋子靠窗的桌子上，茶几上摊开的一本书上，一角的地板上，就有了它跳动的影子。阳光的影子有些像小鱼，尾巴灵活。或者说，阳光就是天空中游动的鱼。

这么一想，再抬头看天空，就觉得有无数的小鱼在游。这些小鱼游下来，把这尘世每一丝被遗漏的缝隙填满，再多的冷和寂寞，也被焐暖了。我想起那年在一旅游地，邂逅一景点，叫"一米阳光"。游人众多，都是冲着那一米阳光去的。幽深的山洞里，光明是隔绝在外的，只能摸索着前行。这个踩了那个的脚后跟，那个撞了这个的肩，时不时还有峭壁碰了头，大家发出惊叫声。突然，眼前一亮，一缕光亮，从头顶悬下，如桑蚕丝般的，抖动着，那是阳光。仰头看，洞顶，在石头与石头之间，天然留有米粒大的缝隙，阳光从那里溜下来。一行人噤了声，只呆呆望着那一米阳光，它是黑里的亮，是寒里的暖，只要你肯给它留一丝缝隙，它就灿烂给你看。

孩子们在阳光下欢闹，孩子们说："老师，我们在泡阳光澡呢。"我一怔，多么形象！阳光被他们扑腾得四处飞溢，像搅碎了一浴盆的水。这"水"，顺着阳台，一路淌下去，淌下去，淌到楼下人家的花被子上，淌到楼下行人的身上。其实，这"水"，早就在空中流淌着，高处有，低处有，满世界都是阳光的海。

孩子们伸出手，左抓一把，右抓一把，仿佛就把阳光抓住了。他们使劲嗅，突然对我说："老师，阳光是有味道的。"我微笑着问："什么味道呢？"孩子们争相回答，一个说，巧克力的味道；一个说，橘子的味道；一个说，菊花茶的味道；一个说，爆米花的味道；一个说，牛奶的味道……

是的是的，小可爱们，阳光是有味道的，那是童心的味道，是这个世界最本真的味道。

野花儿真多

回忆是顶捉不准的一件事。也许因一首歌。也许因一个相似的场景，一句相似的话语。也许因一个背影，一个举手弹眉的小动作。也许，什么也不曾发生。就像这会儿，我在阳光下坐着，风，或者说是时光，把我插在瓶子里的一朵天人菊，弄成了干花。小区里人声物语都是日常。有人午后带着孩子出来闲遛，那小孩子撒欢得像只小狗，就差再多生出两只爪子才好。我想着先打个盹，然后精神十足去写点什么。

我的思绪突然无来由的，就奔去了乡下。提着猪草篮子的小丫头，在芦苇荡里，捡到麻雀蛋了。心里真是欢喜，那麻雀蛋，回去清水里煮煮吃，是上等美味，又果了腹，又解了馋。清汤寡水的日子里，那算得上是奖赏了。

野花儿真多。一出门就是。沟边河畔田埂边，都是。不用出门，甚至也能看到。它们就在屋檐下开着，就在砖缝里开着，就在土墙上开着，就在茅屋顶上开着。小丫头是喜欢花的，她每天都要采很多，插在头上，缀在衣襟上，拿水碗或是罐头瓶养了。罐头瓶真是稀罕物呢，奶奶有。是来拜访奶奶的那些本家叔叔伯伯们送的。也不多，每年里，有那么一两回，他们来，提着罐头来。罐头是糖水梨的，或是糖水橘子的。好吃得不要不要的。奶奶舍不得吃，最后，大多数都偷偷给了小丫头吃。奶奶最疼小丫头。

　　空罐头瓶成了小丫头最珍贵的宝贝，她用来收藏石子、落叶、羽毛等杂七杂八的东西，也用来插花。一罐头瓶的花，摆在家什柜上，简陋的家，变得光彩照人。被生活重压压弯了腰少有笑脸的妈妈，出出进进的，看到家什柜上的一罐头瓶野花时，她的脸上，也会掠过淡淡的一抹笑纹。小丫头偷偷观察过，妈妈笑了，她很开心。

　　小丫头还趴在地上，看蚂蚁搬家。她嫌蚂蚁跑得慢，自作主张地把一只在翻越土块、犹如翻越一座小山的小蚂蚁，送到一株棉花的高枝上去了。那只蚂蚁一下子离家"千万里"，有点惊慌失措。小丫头还捉蜻蜓，用棉线扣住蜻蜓的脖子。唉，可怜的蜻蜓，没办法飞了。村庄的炊烟升起，家里的小羊出来寻她。那小羊真是通人性呢，跟小丫头最好，一见到小丫头，就欢蹦乱跳地奔过来。一个小丫头和一只羊，走在回家的路上。通常这个时候，夕照满天。

我这么回忆的时候，很想抱抱那个小丫头了。她扼杀了多少麻雀的孩子呀，又让多少小蚂蚁流离失所，还有那可爱的小蜻蜓，它们那么无奈地被她捉住，失了自由。我原谅了她。那日子自有清苦中的芬芳，叫我如此想念。

我怎么就回忆起这些来了呢？皆因那单纯清澈的时光，回不去了吧。

爱与哀愁

养过两条小金鱼，一红一白，像两朵小花，在水里开。

为这两条小金鱼，我特地买了一只漂亮的鱼缸。还不辞十来里，去城郊的河里，捞得鲜嫩的水草几根，放进鱼缸里。

专门买的鱼食，放在随手可取的地方。一有闲暇，我就伏在鱼缸前，一边给它们喂食，一边不错眼地看它们。它们的红身子白身子，穿行于绿绿的水草间，如善舞的伶人，长袖飘飘于舞台上，煞是动人。

某天清晨，我起床去看它们，却发现它们翻着肚皮，死了。鱼缸静穆，水草静穆。我难过了很久。朋友得知，笑我："它们是被你的爱害死的。"原来，给鱼喂食不能太勤，太勤了，会撑死它们。怅然。从此，不再养鱼。

后来，我又养过一盆名贵的花。剑兰，花朵橘红，叶柄如剑。

装它的盆子也好看，奶白的底子上，拓印一朵兰花。一眼看中，目光再难他移。兴冲冲地把它捧回家，当作珍宝，日日勤浇水。不几日，花竟萎了，先是花苞儿未开先谢，后是叶片儿一点一点发黄、卷起，直至整株花腐烂。伤心不已，不明白，我这么爱它啊。还是朋友一语道破天机："你浇水浇得太勤了，花给淹死了。"

自此，我亦不再养花。自知自己是个无法把握爱的尺度的人，爱有几分，哀愁就有几分。如同年轻时的一场恋爱。

那时，满心里装着他，吃饭时，想他爱吃的。买衣时，想他爱穿的。即便是随便看到一朵花开，也想着他，恨不得采了带给他。相处的过程，却不全是欢愉，他常常眉头紧锁，充满忧伤地望着我。那么近，又那么远，仿佛隔山隔水。当时，我心里有不好的预感，只以为自己做得不够好，所以，加倍对他好。最后，他还是提出分手，分手的理由竟是，我太好了，他怕辜负。

爱一个人，原是爱到七分就够了，还有三分要留着爱自己。爱太满了，对他而言不是幸福，而是负担。这是经年之后，我才明白的道理。

我想起一个母亲。结婚好几年，没孩子。后来，好不容易得一子，宠爱有加，真正是含在嘴里怕化了，捧在手上怕跌了。一路溺爱着长大，二十好几的人了，却不学无术，整天关在房内打游戏。一不高兴，就对母亲非骂即打。一日，因母亲劝他早点睡，扫了他打游戏的兴致，他竟勒令母亲跪在地板上，跪了大半夜。一贯木讷的父亲，也被激怒了，终于忍无可忍，趁儿子熟睡，一锤砸死儿子。警务室里，母亲哭得肝肠寸断，语无伦次地说："作孽啊，作孽啊。"

为她痛惜，一个原本天真如雪的孩子，毁了。还有她，和她忠厚的男人，这辈子的伤痛，谁能疗治？

世上的道理，原都是这么简单，无论是爱物，还是爱人，都要有节制。月盈则亏，水满则溢，有时，太多的爱不是爱，而是巨大的伤害。